Une Rue si Tranquille

CE QU'EN PENSENT LES BOOKSTAGRAMMEUSES :

« *L'auteure a ce don de vous tenir en haleine jusqu'à la dernière page. Sa plume fluide vous plonge tout de suite dans l'ambiance. [...] J'ai mené l'enquête avec le même rythme effréné qu'Emma. Les pages se tournent à une vitesse telle que la fin arrive vite. Je recommande fortement ce roman.* » @lectures_decha

« **Dès les premiers chapitres, l'auteure m'a happée dans son histoire... Une lecture addictive, captivante... Un suspense haletant aux multiples rebondissements...** » @yael_ohara

« *On sait très vite qui sont les protagonistes, mais cela ne gâche rien car [l'auteure] a su mettre du suspense, des tensions, on a toujours envie d'en savoir plus !! [...] [Elle] nous tient en haleine tout le long !!! Une lecture parfaite qui se dévore en quelques heures au coin du feu.* » @au_ptit_boudoir

« *Roman policier très addictif, l'intrigue est bien construite et le déroulement nous tient en haleine. Les chapitres courts donnent un bon rythme à la lecture. L'écriture est fluide et agréable. Très bon moment de lecture.* » @ysadel2

« *J'ai énormément aimé le rythme, l'écriture était fluide, il y avait beaucoup de dynamisme du fait de chapitres très courts alternant les points de vue de différents personnages. De plus, il y a beaucoup de recherches du côté des investigations informatiques [...] ce qui rendait l'enquête très réaliste.* » @juju_lecture

Nathalie Michau

Une Rue si Tranquille

Une Enquête d'Emma Latour

Roman à suspense

©-2021-2022 Nathalie Michau
Éditeur : BoD-Books on Demand, info@bod.fr
Impression : BoD - Books on Demand,
In de Tarpen 42, Norderstedt (Allemagne)
Impression à la demande

ISBN : 978-2-3224-3537-1
Dépôt légal : Juillet 2022
2eme édition

Sur l'Auteure

Une Rue si Tranquille est le cinquième roman à suspense de Nathalie Michau après *Secrets de Famille* (2004), *Répétition* (2006), *Apparences Trompeuses* (2013) et *Meurtre à Dancé* (2015).

Meurtre à Dancé introduit Emma Latour qui devient ensuite l'héroïne d'une série dont *Une Rue si Tranquille* est le premier tome.

Nathalie Michau a également écrit des nouvelles historiques avec *Les Grandes Affaires Criminelles des Yvelines* (2007) et, en collaboration avec Sylvain Larue, *Les Grandes Affaires Criminelles de l'Essonne* (2011).

Enfin, elle a publié des albums pour enfants (3-6 ans) avec *Petite Lapinette est à l'heure à l'école* (2013) et *Petite Lapinette part en vacances* (2014). Ces albums sont illustrés par Isabelle Vallet.

À tous ceux — amis, famille et lecteurs — qui m'accompagnent dans mon aventure littéraire.

*À Julie et Gérald, Martine et Christelle,
À Anthony, Aurélie et Fabrice,
À Jeff, Sandre et Philippe,
À Lina et Charly.*

Nota Bene : Tous les éléments de ce roman sont fictifs. Je me suis inspirée de lieux et d'éléments scientifiques, juridiques ou géographiques existants, mais j'ai pris de nombreuses libertés. Aucun évènement ou personnage n'est réel. Toutes les erreurs ou approximations sont de mon fait.

Cette édition est la seconde du livre. J'en ai profité pour corriger des coquilles et mettre une couverture en cohérence avec la collection que je crée sur *Les Enquêtes d'Emma Latour*. L'intrigue n'a pas été changée. J'ai également rajouté une postface expliquant les conditions dans lesquelles ce livre a été écrit.

Prologue

Huit ans auparavant

À 2 heures du matin, par une nuit sans lune, les trois hommes amenèrent les lourds sacs-poubelle au bord du trou qu'ils venaient de creuser. Personne n'habitait là depuis plusieurs années. La maison était à l'abandon, tout comme son jardin, à la suite d'une histoire d'héritage difficile. La cachette idéale. Pour éviter tout problème si, un jour, de futurs propriétaires voulaient réhabiliter les lieux, ils avaient creusé profond. Ils mirent, avec quelques difficultés, les sacs dans la fosse, puis la rebouchèrent soigneusement en essayant de faire le moins de bruit possible. Il n'y avait pas de vis-à-vis, mais on n'était jamais assez prudents.

Un soulagement profond les envahit lorsqu'ils eurent terminé leur sale besogne. L'incident — si on pouvait appeler cela comme ça — était clos, ils ne reviendraient plus dessus. Ils pouvaient donc considérer que rien n'était arrivé. Ils jurèrent de ne plus en reparler. Leur petite vie tranquille pouvait reprendre.

1

À peine levée, encore en peignoir, je traversai à toute allure la petite cour devant ma maison pour récupérer le *Parisien*, dans la boîte aux lettres. Fébrilement, je l'ouvris. Je ne fus pas déçue. Comme promis par la journaliste avec qui j'avais échangé deux jours auparavant, la une de ce samedi titrait : *Disparition du célèbre astronome Bernard Morin*. En prenant mon petit déjeuner, j'allumai ma tablette. Soulagée, je pus constater que les autres médias reprenaient l'information. Enfin ! Il était temps ! Plus les jours passaient et moins on avait de chance de le retrouver.

J'avais lancé l'alerte sur les réseaux sociaux dès le jeudi matin. Mes messages sur Facebook et Twitter avaient bien été relayés et, comme je l'espérais, avaient suscité l'attention du public, puis de la presse qui m'avait contactée.

Bernard Morin, 62 ans, grand, chauve, un peu voûté, petites lunettes cerclées, très maigre, était un astronome spécialiste de l'étude du soleil, reconnu dans le monde entier. L'homme était également apprécié pour sa participation à des émissions scientifiques consacrées à la découverte de l'astronomie, diffusées sur des chaînes de télévision à forte audience. Il avait écrit de nombreux livres sur le système solaire, destinés au grand public, et plus particulièrement sur l'astre du jour. Ses ouvrages se vendaient très bien.

Je m'étirai avant de reprendre la lecture de mon article en dégustant une tasse de café bien fort :

Bernard Morin, le scientifique mondialement connu pour ses travaux sur les cycles du soleil et les orages magnétiques, n'a plus donné signe de vie depuis mercredi dernier. Sa disparition est d'autant plus inquiétante que sa voisine a retrouvé à son domicile son scooter, ses papiers, son téléphone portable, ses cartes de crédit et son argent.

— Avec moi dans le rôle de la voisine ! ne puis-je m'empêcher de penser.

Cette dernière nous a précisé qu'elle était très soucieuse, car Bernard Morin la prévenait chaque fois qu'il partait afin qu'elle surveille sa maison et donne à manger à sa chatte, ce qu'il n'a pas fait cette fois-ci. Le mystère reste donc complet.

L'article continuait en expliquant qu'un appel à témoins avait été lancé sur les réseaux sociaux afin que toute personne ayant vu l'astronome, depuis mercredi dans la soirée, puisse donner des informations qui pourraient s'avérer précieuses pour le retrouver.

Cette disparition me rappelait de mauvais souvenirs.[1] Quelques années plus tôt, avec la célèbre romancière Édith Delafond, j'avais été impliquée, bien malgré moi, dans celle de Jacques de la Flandrière. Elle avait été suffisamment difficile et dangereuse à élucider pour que je n'aie pas envie d'être confrontée à celle de Bernard.

Cependant, j'avais appris à apprécier Bernard et je ne pouvais pas faire comme si rien ne se passait. Je ne voulais donc pas attendre son hypothétique retour, et ce, même si mes moyens d'action étaient quasiment inexistants. Je n'avais, en effet, aucun lien filial avec l'astronome et ce dernier ne m'avait jamais parlé d'une quelconque famille. Je n'avais pas non plus connaissance de menaces qu'il aurait pu recevoir. Impossible de déclencher une enquête : un homme a le droit de prendre la poudre d'escampette du jour

---

[1] cf. *Meurtre à Dancé* de Nathalie MICHAU

au lendemain s'il en a envie. Je devais en apprendre plus, mais toute seule…

2

La patience n'était pas ce qui me caractérisait le plus. J'aimais que tout aille vite. J'avais dû ronger mon frein pendant deux jours avant que la presse ne communique sur Bernard. J'espérais que cette médiatisation allait me permettre d'obtenir rapidement des informations.

Je connaissais mon voisin depuis quelque temps. J'avais quitté, deux ans auparavant, le bas de Saint-Cloud où j'avais vécu plusieurs années pour m'installer, à quelques kilomètres de là, dans les hauts de Suresnes, à la cité-jardin, un endroit à l'architecture si particulière. L'ensemble avait été construit entre 1921 et 1956 par les architectes Alexandre Maistrasse, Julien Quoniam, Félix Dumail, Christophe Crister et Louis Bazin. Les lieux, composés d'immeubles de briques rouges, beiges et ocres de quatre étages, de maisons individuelles et de jardins, mais aussi de toutes les commodités (commerces, écoles, théâtre, lavoir, bain-douche, gymnase...) avaient été réhabilités entre 1986 et 1995. J'avais emménagé dans une maison construite pendant les années vingt, au 11 rue des peupliers, un endroit tranquille, pas très loin du marché, des commerces et de l'hippodrome de Saint-Cloud.

Bernard vivait, depuis à peu près six ans, dans la maison mitoyenne et presque identique à la mienne. Il travaillait à l'observatoire de Meudon, situé à quelques kilomètres de là, qu'il pouvait rejoindre en moins de 20 minutes en scooter. Nous avions sympathisé rapidement. Il m'avait laissé ses clés pour que, lorsqu'il se rendait à des conférences, je puisse donner à manger à sa chatte, une magnifique maine coon de huit kilos, surnommée Spicy que j'adorais. J'en profitais également pour surveiller sa maison et relever son courrier. La maine coon s'était installée chez moi depuis la disparition de son maître. Elle me suivait partout comme une âme en peine.

Pour retrouver l'astronome, je devais trouver des indices. J'étais persuadée que mon ami avait de graves ennuis et que l'une de ses connaissances était à l'origine de sa disparition. Cette intime conviction provenait de mes lectures sur la criminologie qui m'avaient appris que les proches sont presque toujours impliqués dans les évènements criminels que ce soit des enlèvements ou des homicides... À moi de deviner de quel proche il s'agissait.

J'essayai de me souvenir le plus précisément possible de ma soirée du mercredi. J'étais rentrée assez tard de mon chantier de fouilles archéologiques à Nanterre, très excitée par la découverte d'un sarcophage en plâtre du haut Moyen Âge accompagné de céramiques, de fibules et de bijoux en rubis et en or. Un vrai trésor. La tête encore pleine des échanges enthousiastes avec mes collègues sur le potentiel de ce chantier, je vis Spicy se diriger vers moi en miaulant. Le comportement de la chatte m'alerta immédiatement. Elle voulait rentrer chez moi manger. Ce n'était pas normal. Je sonnai chez l'astronome et pus constater son absence, ce qui me surprit, car j'avais rendez-vous avec lui ce soir-là. Sa porte n'était pas fermée à clé. J'entrai, pas très rassurée, pour effectuer un rapide tour dans la maison, imaginant Bernard victime d'un malaise ou d'un accident domestique. Lors de cette visite, je ne touchai à rien et ne trouvai aucune trace de lui.

Il était temps à présent de retourner dans sa maison avant que sa femme de ménage qui venait le mercredi, ne range et lave la maison et n'efface d'éventuelles traces. Je devais procéder méthodiquement comme sur un chantier de fouilles.

Je pensai aux trois tours de l'hippodrome de Saint-Cloud que je m'apprêtais à parcourir. Je soupirai et remis à un moment ultérieur mon footing, moment privilégié que je n'annulais que pour des raisons impérieuses. Je devais agir vite, l'urgence de la situation l'exigeait, car chaque minute qui passait diminuait la probabilité de récupérer Bernard vivant.

Accompagnée de la chatte, j'ouvris la porte de la maison de mon voisin et désactivai l'alarme. Je frissonnai. L'entrée était dans la pénombre et paraissait lugubre. J'avais la désagréable impression de visiter des lieux où je n'étais pas la bienvenue. Lors de ma dernière visite, l'alarme n'était pas mise. Bernard n'était donc pas parti de son plein gré. Il enclenchait toujours l'alarme, même lorsqu'il partait acheter le pain. Non ! Il ne la mettait pas lorsqu'il venait me voir par exemple. Il était donc peut-être sorti devant chez lui pour discuter et ensuite s'était fait enlever. Je fronçai les sourcils, signe d'intense concentration chez moi. La porte n'était pas fermée lorsque j'avais sonné mercredi soir. C'était d'ailleurs pour cela que j'avais imaginé qu'il ait pu être victime d'un malaise. La clé était restée dans la serrure de la porte du côté de son entrée. Je l'avais récupérée pour la mettre en lieu sûr.

Si l'on avait kidnappé Bernard, le ou les auteurs de son enlèvement n'étaient pas entrés par effraction. Aucune serrure ou vitre n'avait été forcée ou cassée. Je connaissais suffisamment le disparu pour savoir qu'il ne serait pas sorti sans ses papiers, son téléphone portable et un peu d'argent. Or, ces objets se trouvaient, devant moi, sur le guéridon de l'entrée. C'était très bizarre. Il ne mettait pas ses papiers à cet endroit-là d'habitude, mais dans une soucoupe cachée dans une armoire. Une autre personne l'avait fait à sa place ou Bernard avait voulu attirer mon attention par ce geste étrange. Mes soupçons se confirmaient, il ne s'agissait pas d'un vol crapuleux ayant mal tourné.

J'avais parlé à Bernard, la veille de sa disparition, le mardi à dix-huit heures, en rentrant de mon chantier. Un peu moqueur, il avait observé ma tenue, bien sale. Il avait plu une partie de la journée et j'avais généreusement pataugé dans la boue pendant plusieurs heures. Le métier d'archéologue ne présente pas que des avantages. Je savais à quoi m'attendre en me spécialisant dans l'anthropologie funéraire et le premier Moyen Âge. Il m'avait demandé :

— Comment ça va ? Tu as commencé un nouveau chantier, non ?

— Oui, depuis quelques jours maintenant. Je travaille le long du tracé de la ligne 15 du métro du Grand Paris, au niveau de Rueil-Malmaison. Les premières fouilles préventives ont permis de découvrir les traces d'une sépulture du début du Moyen Âge. Du coup, on m'a demandé de participer au chantier afin que je l'étudie. Le squelette semble en très bon état avec des objets funéraires bien conservés... Il y en a certainement d'autres sur le site. C'est incroyable ! Et toi ?

— Rien de nouveau. Le Soleil se porte bien ! Je travaille toujours sur mon projet de sonde qui va partir analyser la surface du Soleil afin d'étudier les éruptions solaires et leurs impacts sur terre. Cela avance bien et me passionne. C'est un projet qui va durer plusieurs années, un peu plus longtemps qu'un chantier, j'imagine, et les personnes avec qui je travaille sont, pour la plupart, très sympathiques... Sinon je ne sais plus si je t'ai dit que j'allais installer une piscine dans mon jardin. Je vais commencer à creuser. Cela va faire un peu de bruit dans la journée, mais cela ne te dérangera pas comme tu n'es pas là en ce moment. Une petite tractopelle est arrivée aujourd'hui.

Mon voisin adorait faire des travaux, c'était un bricoleur expérimenté. Rien d'étonnant à ce qu'il s'occupe seul d'installer une piscine.

— Non ! C'est une très bonne nouvelle ! Je vais souvent venir te rendre visite pendant les beaux jours, Bernard !

— Avec plaisir Emma.

Nous avons continué à discuter de choses et d'autres comme du voisinage qui n'allait pas être content à cause des nuisances que son chantier allait causer, du jardinage à la suite des fortes pluies, de Spicy qui perdait ses poils avec le printemps, des barbecues à venir et des vacances d'été… Rien d'exceptionnel. Des conversations de voisins qui s'entendent bien.

Bernard ne m'avait pas paru angoissé, il parlait d'une manière joyeuse de ses projets. Il ne m'avait pas donné l'impression de rencontrer de graves problèmes d'argent, relationnels ou autres, ou d'avoir préparé une disparition subite. Mais certaines personnes peuvent cacher leur jeu et donner l'impression d'aller bien alors qu'elles se trouvent dans des ennuis monstrueux.

Le SMS qu'il m'avait ensuite envoyé une demi-heure plus tard me semblait, après réflexion, des plus étranges : *peut-on se voir demain dès ton retour de chantier ? J'ai besoin de ton avis.*

Occupée à autre chose, j'avais consulté son message d'un œil distrait, un peu intriguée. J'avais imaginé qu'il allait me demander de garder son chat, de le dépanner en sel ou de lui rendre un service anodin, mais en fait, il voulait peut-être me parler de quelque chose de vraiment important. Il voulait mon *avis*. J'aurais dû réagir. Il n'avait pas besoin de mon *avis* pour que je garde son chat ou lui donne du sel. Je n'arrivais pas à imaginer quel type d'avis pertinent Bernard imaginait que je puisse lui donner.

Mon voisin avait disparu entre le mardi vingt heures et le lendemain dix-neuf heures, heure à laquelle j'avais sonné chez lui. Je penchais plus pour une disparition la veille au soir, car Spicy avait faim quand je l'avais récupérée. Cela faisait donc un moment que son maître n'était plus là pour s'occuper d'elle.

Je pénétrai dans la mezzanine située au premier étage qui servait de bureau et de bibliothèque au scientifique. Je connaissais bien ce lieu que mon voisin affectionnait. Il y régnait un savant désordre dont lui seul connaissait la logique, entre livres et revues majoritairement scientifiques empilés sans aucun classement apparent, dossiers entassés sur deux fauteuils en cuir un peu fatigués qui faisaient face à sa table de travail en verre. Difficile de deviner si des papiers avaient été dérobés.

Quelque chose, néanmoins, me sauta aux yeux. Son ordinateur portable avait disparu. Il aurait dû trôner sur son bureau et il y avait un espace vide à la place. On pouvait même remarquer des traces de poussière autour de l'endroit où il se trouvait d'habitude. L'ordinateur ne bougeait jamais. Bernard avait acheté un portable peu encombrant et en utilisait un autre lors de ses déplacements professionnels qui restait à l'observatoire. Ce n'était pas normal. Quelqu'un lui aurait donc volé son PC. Que pouvait-il donc contenir de si important ? Mes derniers doutes me quittèrent. La situation était grave. On avait très bien pu le kidnapper à son domicile avant de fouiller la maison.

Je me rappelai soudain que j'avais en ma possession, un NAS[1] qu'il utilisait pour sauvegarder ses fichiers. Un mois plus tôt, il m'avait proposé de me joindre à lui pour observer une éclipse partielle de Lune sur l'esplanade de Meudon. En pleine observation, il m'avait demandé si j'accepterais de le dépanner :
— Je cherche un endroit de confiance où je pourrais stocker mes données personnelles. Je ne veux pas que ce soit chez moi au cas où ma maison brûlerait par exemple. Est-ce que

---

[1] Un NAS est un périphérique informatique utilisé pour le stockage de fichiers via un réseau.

cela te dérangerait si je laissais chez toi mon NAS ? Tu as juste à le laisser allumé. Grâce au réseau, lorsque je sauvegarderai mes fichiers sur mon ordinateur, ils se copieront automatiquement sur l'appareil.

J'avoue que, à l'époque, je l'avais trouvé un peu paranoïaque. Manifestement, j'avais eu tort. Curieuse, j'avais essayé de comprendre pourquoi il me demandait cela.

— Tu conserves des données scientifiques sur ton PC ? Je croyais que tu ne l'utilisais pas pour le travail.

Il prit peur.

— Si cela te dérange, je trouverai une autre solution…

— Non, le coupai-je, excuse ma curiosité. Cela n'a aucune importance. Je suis d'accord. Viens l'installer chez moi quand tu veux. On le mettra dans mon bureau.

Je n'y connaissais rien en réseau et en NAS. À l'époque, je m'étais dit que si cela pouvait le rassurer, cela ne me posait pas de problème. Maintenant, j'étais moins tranquille. Si on avait volé son PC pour son contenu, j'espérais que personne n'arriverait à savoir que sa sauvegarde était chez moi. Je me rappelais que mon voisin m'avait donné, avec son NAS, une enveloppe qui devait contenir une notice. Je me promis de la consulter pour vérifier qu'elle me donnait bien un moyen d'accéder aux sauvegardes. Leurs contenus me permettraient peut-être d'apprendre ce qui lui était arrivé.

Je furetai à la recherche de pistes à l'intérieur de la maison. Je mis des gants en latex que j'utilisais sur mes chantiers de fouilles afin de ne pas laisser de traces – peut-être que la police s'intéresserait aux lieux plus tard – et fouillai avec soin le contenu du bureau. Je ne trouvai rien de bien passionnant de prime abord : quelques factures dont certaines en retard, des brochures publicitaires sur les piscines, des revues astronomiques en anglais. Je découvris ensuite l'agenda et le carnet d'adresses de l'astronome dans l'une des strates d'une pile d'affaires entassées sur son bureau. J'espérais que son agenda était à jour. Il pourrait être une mine d'informations sur son emploi du temps précédant sa disparition. Son carnet d'adresses pourrait contenir les coordonnées de personnes de sa famille que je pourrais contacter afin qu'une enquête pour disparition inquiétante soit ouverte. J'emportai les deux carnets pour les étudier tranquillement chez moi ainsi que les factures.

Je me dirigeai ensuite vers la chambre de Bernard. Pour un célibataire, il avait mis de beaux draps, le lit était fait et la pièce était propre et bien rangée –contrairement au bureau. J'ouvris les tiroirs et la penderie. Ses sous-vêtements étaient de bonne qualité et plutôt aguicheurs. Il avait peut-être une petite amie ou mettait tout en œuvre pour en attirer une. Mais aucune affaire de femme ou deuxième brosse à dents n'était visible dans la salle de bain. Il n'en était peut-être qu'aux premiers pas.

Au-dessus de l'armoire, je trouvai un paquet-cadeau de petite taille. Je l'attrapai et le tournai dans tous les sens pour voir si un nom avait été inscrit dessus ou sur une étiquette. Rien. J'emportai le cadeau avec moi. Je ne voulais pas l'ouvrir dans cette maison, et surtout, je ne voulais pas traîner là plus que nécessaire. L'atmosphère des lieux me pesait de plus en plus. Si je m'étais écoutée, je serais partie immédiatement. J'avais peur que quelqu'un n'arrive et me surprenne. Je pris une grande inspiration pour me calmer avant de passer dans les autres pièces.

Je ne remarquai rien de particulier à l'exception notable d'une excellente bouteille de Chianti Riserva posée en évidence sur la table avec deux très beaux verres à dégustation. Bernard avait sorti le grand jeu. Qui attendait-il ? La femme au cadeau ? Ou quelqu'un d'autre ?

Cela me fit soudainement penser que je déjeunais le midi-même avec celui qui partage ma vie depuis deux ans. J'ai rencontré mon amoureux, un bel homme brun avec de magnifiques yeux bleus et un sourire charmeur, dans une soirée organisée par un ami commun qui faisait une pendaison de crémaillère. Nous étions tous les deux célibataires et ne connaissions pas grand monde. Nous nous sommes parlé autour d'une coupe de champagne et je me suis laissé envoûter par sa voix grave et chaude. Nous nous sommes ensuite revus régulièrement. Éric dirigeait une société en pleine expansion spécialisée dans la cyber protection des entreprises. Son travail lui prenait beaucoup de temps.

Nous habitions chacun de notre côté, car Éric avait une fille, Noémie, de douze ans en garde alternée. Il préférait pour le moment ne pas perturber son organisation avec elle et j'aimais mon indépendance et ma tranquillité. Conserver deux logements ne nous dérangeait donc pas. De plus, jouer un rôle de belle-mère, une semaine sur deux, ne me séduisait pas plus que cela. J'aimais bien les enfants, mais de là à vivre avec ceux des autres, il y avait un pas que je ne me sentais pas encore prête à franchir.

Les enfants étaient un sujet sensible pour moi. Je n'en avais pas, non pas parce que je n'en voulais pas, mais parce que je n'avais jamais rencontré quelqu'un qui m'avait donné envie de fonder une famille. C'est un engagement fort et je voulais le prendre avec un partenaire en qui j'aurais toute confiance. Cet homme providentiel n'est pas arrivé à temps et maintenant, à presque cinquante ans, j'étais trop vieille pour tenter l'expérience, même si j'étais certaine qu'Éric aurait fait un père génial.

Je chassai ces idées qui me rendaient un peu triste pour me concentrer à nouveau sur la disparition de Bernard. Je terminai ma visite par un rapide tour de jardin. Comme il me l'avait annoncé mardi soir, Bernard avait commencé les travaux de déblaiement pour sa piscine, même s'il n'avait pas creusé sur beaucoup de surface. La vue de la tractopelle me conforta. On ne loue pas un tel engin pour disparaître je ne sais où juste après. À part le trou boueux dans le jardin, je n'aperçus rien de particulier. Il subsistait bien quelques empreintes de pas sur la terrasse, mais il était difficile de savoir si elles appartenaient à une ou plusieurs personnes tant la pluie tombée abondamment ces derniers jours les avait lessivées.

Les indices étaient maigres. Pas de traces de lutte, apparemment rien n'avait été dérangé ou cassé, si l'on excluait l'ordinateur qui avait disparu. Soit, il avait rencontré son ou ses interlocuteurs à l'extérieur de son domicile sans moyen de locomotion, ni argent, soit, il les connaissait et les avait fait rentrer chez lui ou les avait suivis de son plein gré.

J'avais laissé dans l'entrée le portefeuille et le porte-monnaie de mon ami. Je les emportai pour les examiner. Je vis également sur le guéridon de l'entrée son téléphone portable et quelques cartes de restaurant, je les pris aussi. Je vérifiai que la chatte était bien avec moi en refermant la porte soigneusement. Je vidai la boîte aux lettres qui commençait à être bien remplie et repartis chez moi avec le courrier.

3

De retour chez moi, je m'installai confortablement sur le canapé dans ma grande salle à manger lumineuse grâce à sa grande baie vitrée. J'avais posé sur la table basse un verre de jus de cerise et allumé une lampe, malgré le beau temps, pour pouvoir mieux observer tous mes trésors stockés dans un carton. Une nouvelle fois, je mis des gants. Je consultai d'abord le courrier. J'ouvris toutes les lettres de Bernard. Je n'avais plus aucun scrupule et ne me sentais en rien tenue de respecter son intimité. Des relevés de banque me montrèrent que Bernard n'avait pas d'ennuis financiers et qu'il n'avait reçu ou émis aucun virement important ces derniers temps. Je mis de côté le reste du courrier à l'exception d'une lettre manuscrite qui attira mon attention. L'enveloppe ne possédait pas de timbre. Elle avait donc été déposée dans la boîte aux lettres directement. La lettre était écrite à l'encre bleu-turquoise. Une lettre de femme, cela ne faisait aucun doute. Son contenu ne laissait place à aucune équivoque, la lettre provenait d'une femme amoureuse et inquiète :

Mon amour,

Tu ne m'as pas appelée hier soir pour que nous nous retrouvions. Je t'ai attendu toute la nuit. Je n'ai pas de tes nouvelles. Je suis très inquiète. De plus, je t'écris, car maintenant je suis certaine que tu avais raison et qu'il me surveille moi aussi. Peut-être regarde-t-il mes messages sur mon portable ? Mes courriels ? Je crains le pire. Va-t-il s'en prendre à toi ? À moi ? Je n'ose plus te contacter par

SMS. D'où cette lettre. Peux-tu me retrouver demain matin à l'endroit habituel ? Dois-je venir avec mes affaires comme nous l'avions prévu ?
Mille baisers.

Le mot était daté du lendemain de la disparition de Bernard. Pas de signature. Aucun moyen de savoir qui était cette mystérieuse amoureuse. J'observai avec attention l'enveloppe. Pas d'adresse au dos. Le cadeau du haut de l'armoire devait être destiné à son auteure. Je l'attrapai et déchirai son emballage. Je découvris une très belle bague, le présent était sans aucun doute destiné à une femme. Le paquet contenait une petite carte :

Je t'aime.
Enfin, nous allons pouvoir vivre ensemble heureux.
Mille baisers.
Bernard

Cette femme, *a prio*ri mariée d'après sa lettre, devait se faire un sang d'encre. Pendant un instant, je ne pus m'empêcher de la plaindre. Je l'imaginai, effrayée par la violence de son mari qui surveillait ses faits et gestes. Elle devait le quitter pour aller vivre avec celui qu'elle aimait et ne savait pas comment faire pour le lui annoncer. Et depuis qu'elle avait pris la décision de retrouver son nouvel amour, elle n'avait plus aucune nouvelle de lui. Quelle horreur ! Quelles pensées terribles devaient lui traverser la tête !

Je repensai ensuite à Bernard. Quel cachottier ! Il avait été très discret. Je n'avais jamais vu une femme, à l'exception de la femme de ménage, entrer ou sortir de chez lui. Il devait rencontrer celle que je me plaisais à surnommer tout bas *la belle inconnue* la journée, en dehors de chez lui. Cette femme devait également avoir des horaires souples ou être à son compte ou encore ne pas travailler.

J'ouvris l'agenda de mon voisin. Après avoir tourné quelques pages, je tombai sur le jour où il m'avait invitée à observer l'éclipse partielle de Lune avec sa lunette astronomique. C'était un grand passionné de la Lune. Le satellite de la terre présente l'avantage d'être facile à observer même d'un endroit avec une pollution lumineuse et atmosphérique très dense comme sur Paris et sa proche banlieue. J'aimais bien partager ces moments d'observation avec lui. Mon nom figurait en trigramme *ELA*. Le *E* était la première lettre de mon prénom Emma et les deux suivantes *LA*, les premières de mon nom de famille : Latour. Je continuai à tourner les pages de l'agenda. Il notait tous ses rendez-vous avec des trigrammes que le rendez-vous soit professionnel ou privé. Comment deviner qui était *la belle inconnue* ? Il devait la rencontrer dans la journée puisque sa maîtresse était mariée et le mari, semblait-il, jaloux. Leur relation devait durer depuis un bon moment s'ils en étaient à s'installer ensemble. Je consultai le carnet sur quelques semaines. Plusieurs trigrammes revenaient de manière récurrente. J'ouvris le carnet d'adresses pour trouver à qui ils pouvaient bien correspondre. Je reliai rapidement les différents trigrammes des personnes avec qui il travaillait. Restait *LRE* qui ne figurait pas dans le carnet. Qui cela pouvait-il être ? Il voyait cette personne deux fois par semaine le midi. Ils arrivaient même à aller au restaurant le soir, de temps en temps, peut-être lors d'éventuels déplacements du mari, s'il s'agissait bien de *la belle inconnue*, comme je le soupçonnais.

Une nouvelle fois, je relus lentement le message de l'inconnue. Tous les deux semblaient communiquer régulièrement par courriel et SMS. Je pris le portable du scientifique. Il était chargé à fond. Je le branchais afin d'éviter qu'il ne se décharge. Je ne connaissais pas son mot de passe au démarrage. Pas question qu'il se vide et s'éteigne. Soulagée, je constatai que Bernard n'avait pas fait preuve de grande imagination pour choisir le mot de passe déverrouillant son portable. Je testais tout d'abord le *000000*, puis le *888888* qui ne fonctionnèrent pas. Je pris sa carte d'identité dans son portefeuille et pus voir qu'il était né le 21 avril 1952. Je saisis le *210452* et le téléphone se déverrouilla. Je regardai les appels qu'il avait reçus depuis sa disparition. Une Laurence – sans nom de famille – avait essayé de l'appeler à plusieurs reprises. J'écoutai le message qu'elle avait laissé. Le ton était angoissé peut-être même que Laurence était en train de pleurer. Impossible d'en être certaine.

Bernard, je suis très inquiète. Je n'ai pas de nouvelles de toi. Que se passe-t-il ? Pourquoi ne me rappelles-tu pas ? Je t'ai attendu et tu n'es pas venu. Jamais tu n'avais manqué l'un de nos rendez-vous sans me prévenir. J'ai peur qu'il ne te soit arrivé quelque chose. Je t'aime.

J'eus un déclic. Je connaissais cette voix. J'avais déjà parlé avec cette personne. Je me mis à regarder ses connaissances une par une. Je devais trouver une personne mariée, avec qui Bernard était en relation, qui s'appelait Laurence et dont le nom de famille commençait par *RE*. Ça semblait simple, mais cela ne l'était pas… Cela ne pouvait être que quelqu'un du voisinage. Une commerçante, docteur, voisine ou la factrice ? Nous n'avions pas d'amis communs. Je n'ai jamais discuté avec une femme avec qui il travaillait. La réponse était sur le bout de ma langue et c'était très agaçant ! Je passai à autre chose afin de laisser à mon inconscient la possibilité de m'amener la solution.

Je repris son portable afin de regarder ses SMS des deux dernières semaines, je ne vis rien de spécial. Cela confirmait mon intuition : il connaissait son agresseur. Subitement, je repris la bague et la positionnai sous la lumière de la lampe. Je devinai une inscription à l'intérieur de l'anneau. J'allai chercher dans mon bureau une loupe et réussis à lire : *Bernard et Laurence*. Je soupirai, déçue de ne pas voir le nom de famille de l'inconnue. J'inspectai avec soin la boîte et ne trouvai rien de plus.

Je renversai le contenu du carton, rassemblant mes trouvailles sur la table basse. Dans le porte-monnaie, il n'y avait qu'un peu de monnaie et un ticket de carte bleue du restaurant *La mare aux canards*, une guinguette pleine de charme perdue au milieu de la forêt de Meudon. Il y avait dîné, le mardi soir, avec une autre personne et payé la note à 22 h 30. Toujours en vie à cette heure-là, il était revenu à son domicile ensuite pour y déposer ses affaires. Avec qui avait-il mangé ? Ce n'était pas un dîner aux chandelles avec *la belle inconnue* puisqu'elle l'attendait. Une autre maîtresse ? Imaginer Bernard entouré de conquêtes me paraissait si incongru. Il faisait si vieux garçon, si conventionnel, comme quoi les apparences pouvaient être trompeuses. Mais dans le cas présent, j'étais persuadée qu'il s'agissait de quelqu'un d'autre. J'ouvris ensuite son portefeuille. Il contenait des cartes de visite, trois billets de vingt euros, sa carte vitale, sa carte grise, son permis de conduire et ses papiers d'assurance. Rien de bien original. Je regardai distraitement ses cartes de visite avant de me figer. J'avais dans les mains la carte qui me donnait enfin le nom de la belle inconnue : Laurence Renard, peintre et photographe spécialisée dans les natures mortes. Elle possédait une galerie d'art, rue de Seine dans le quartier de Saint-Germain dans le 6e arrondissement de Paris. Le cœur battant, je comparai le numéro de téléphone inscrit sur la carte avec celui du portable. C'était le même ! Je me suis mise à crier et à danser toute seule, très fière de l'avancée de mes recherches.

À ce moment précis, mon portable se mit à sonner, me faisant sursauter. Je regardai qui m'appelait, m'attendant presque à ce que ce soit la mystérieuse Laurence. Ce n'était qu'Éric. Je réalisai que midi était passé. J'étais en retard, en tenue de jogging, pas coiffée, pas douchée. Je décrochai. Éric était en voiture.

— J'arrive ! Je passe te prendre dans quinze minutes. Prépare ta valise, nous partons dans notre repaire à côté de Deauville, ils annoncent un temps merveilleux pour le week-end. Nous déjeunerons sur la route. J'ai réservé une table en terrasse dans un petit restaurant gastronomique dont tu me diras des merveilles.

Mon petit ami aimait me préparer ce genre de surprises impromptues et j'adorais cela. Le repaire dont il me parlait est un charmant gîte, un peu excentré par rapport à Deauville. Ravie de l'invitation, je repris mes esprits. Je m'étais laissé absorber par mes découvertes, prenant mon rôle de détective très au sérieux et j'en avais oublié l'heure. Je courus à ma chambre, me douchai en un clin d'œil, préparai un sac pour le week-end avec quelques affaires et me changeai rapidement en enfilant ma tenue préférée : une longue jupe grise fluide avec un chemisier blanc à dentelle. Je coiffai mes cheveux blonds en chignon et me maquillai légèrement. Je voulais faire honneur à Éric pour notre déjeuner. Ce week-end surprise avec mon amoureux allait me changer les idées. Il tombait à pic.

4

Bernard se réveilla avec un mal de dos épouvantable. Il était allongé par terre. Il ouvrit les yeux, mais ne vit rien. Il se trouvait dans le noir complet. Il toucha le sol et sentit du béton. L'endroit était humide. Il devait se trouver dans un sous-sol. Pas de fenêtre. Il toucha ses bras et ses jambes. Il avait mal, mais rien de cassé. Il effleura ensuite sa tête et grimaça. Il avait eu un choc. Il ne put s'empêcher de sursauter puis de jurer lorsqu'il toucha une plaie. Il sentit un liquide un peu gluant sous ses mains. Il avait saigné. Il essaya de ne pas paniquer. La tête saigne toujours beaucoup en cas de choc. Cela ne voulait pas dire que c'était grave.

Il constata, avec soulagement, qu'il possédait toujours ses lunettes. Sans elles, il aurait eu du mal à se déplacer. Même si pour le moment, elles ne lui étaient pas utiles, cela le rassurait de les savoir là.

Mais plus que la douleur physique, ce qui l'obsédait, c'était de ne pas connaître la raison de sa présence dans cet endroit lugubre. Qu'est-ce qui avait bien pu l'amener ici ? Cela avait-il un rapport avec la surveillance dont il était l'objet ?

Il entendit des voix étouffées. Cela l'arrêta net dans ses élucubrations. Il tendit l'oreille. Impossible de savoir s'il connaissait ou pas les personnes qui parlaient. Que s'était-il passé avant qu'il ne se retrouve là ?

5

Le week-end au cottage Butterfly de l'Angèlerie se déroula merveilleusement bien. Le gîte était une ravissante maisonnette à un étage avec une kitchenette, une salle à manger au rez-de-chaussée ainsi qu'une chambre spacieuse avec salle de bain au premier étage. Le jardin de la propriété était fleuri et la décoration agencée avec goût. La propriétaire, Mme Flore, était très aimable. Le lieu était parfait pour se détendre. Il se situait à quelques pas de Deauville et des villes environnantes – comme Trouville, Villers ou Blonville – où trouver un restaurant est simple tout comme marcher sur la plage ou boire un verre. Le tout à une heure et demie de Paris. Le temps était avec nous. Le week-end fut amoureux, gastronomique, ensoleillé. Nous avons marché sur la plage des Vaches Noires à Villers-Sur-Mer, déjeuné à Cabourg au Grand Hôtel où Marcel Proust avait ses habitudes. Nous nous sommes ensuite promenés dans le village de Guillaume le Conquérant à Dives-sur-Mer.

Nous avons pris le temps de discuter de nos visions de la vie. Cela faisait maintenant deux ans que nous étions ensemble. Éric m'invitait pour fêter notre anniversaire de rencontre. Notre histoire était partie pour durer. Nous étions installés sur la terrasse du Ciro's Barrière, un très beau restaurant sur le bord de plage à Deauville. Éric me posa pour la première fois des questions très intimes en attendant le dessert.

— Emma, quelque chose m'intrigue. Pourquoi vis-tu à la cité-jardin alors que tu pourrais t'offrir une maison magnifique ?

Je m'attendais à ce qu'il me pose un jour cette question. Pendant les premiers mois de notre relation, je ne lui avais pas parlé des revenus que je touchais grâce au legs d'Édith Delafond,[3] car je ne voulais pas qu'il s'intéresse à moi pour mon argent. Je conservais la même vie que celle que j'avais eue avant sa mort. J'étais à l'abri du besoin, je n'avais plus l'obligation de travailler pour vivre, ce qui m'octroyait le luxe de sélectionner les chantiers archéologiques sur lesquels je voulais intervenir et d'être indépendante. Je ne voulais pas que les autres le sachent. Éric n'imaginait pas le niveau de mes revenus. Il était temps d'être honnête avec lui.

— Tu te souviens de ce que je t'avais dit au sujet d'Édith et du fait qu'elle m'avait légué les droits de son dernier livre *Meurtre à Dancé* ? Tu sais aussi que j'aide de plus en plus souvent Aline Deville qui a maintenant presque 80 ans et qui est son exécutrice testamentaire et que mon aide est rémunérée ?

— Oui. Je m'en souviens bien. Cela te permet d'avoir de l'argent de côté. Mais quel est le rapport avec ton choix d'habiter ici ?

— J'ai hérité d'elle alors que je vivais dans un trois-pièces dans le bas de Saint-Cloud, dans la résidence Feudon-Béarn. Cet argent est arrivé au bon moment. J'étais en train de me séparer de mon petit-ami de l'époque et je devais trouver un nouveau logement, ce qui s'annonçait difficile avec mes revenus de travailleuse indépendante. J'étais sur le point de demander de l'aide à mes parents pour la caution, ce qui m'ennuyait beaucoup.

Grâce à cet argent, de locataire je suis passée propriétaire sans emprunter et j'ai pris cette maison de ville à la

---

[3] cf. *Meurtre à Dancé* de Nathalie MICHAU

cité-jardin. C'était extraordinaire pour moi. À l'époque, je n'avais aucune idée du succès qu'aurait le livre. Je n'imaginais pas qu'il serait traduit en quarante langues, vendu à des millions d'exemplaires, qu'un film allait bientôt sortir, une production hollywoodienne dont les droits seraient très bien négociés. Du coup, je me suis retrouvée avec beaucoup d'argent, ce qui m'a permis de ne plus me faire de soucis pour l'avenir. Cela m'a permis de préparer à mon rythme une thèse à La Sorbonne sur le mobilier funéraire des années 845 à 911 pendant les invasions normandes en région parisienne et de me spécialiser dans l'archéologie funéraire du haut Moyen Âge. À côté de cela, je souhaite continuer à vivre très simplement. Je suis bien dans ce quartier, pourquoi en partirais-je ? J'ai mes amis ici, que ferais-je, seule, dans une grande maison ? Édith m'avait parlé des vautours qui lui ont tourné autour lorsqu'elle a commencé à être célèbre, de ces vieux amis qui sont revenus la voir pour lui réclamer des faveurs et de l'argent. Rencontrer quelqu'un quand on est connu ou riche est parfois compliqué, la personne ne va-t-elle pas essayer de profiter de vous ? Vous aime-t-elle pour vous ou pour votre argent ? Si quelqu'un avait expliqué cela à Édith, elle n'aurait pas fait certaines erreurs.

— Qu'aurait-elle pu faire de plus ?

— Elle aurait écrit sous un nom d'emprunt, refusé certaines sollicitations, tout fait pour rester discrète. J'ai appliqué ses principes et, en particulier, le *vivons heureux, vivons cachés*.

— Et comment considères-tu ton travail ?

— L'archéologie n'est pas un travail pour moi. C'est ma passion. Lorsque nous découvrons un nouveau squelette, de nouveaux artefacts, une nouvelle tombe, j'ai toujours le cœur qui bat la chamade. J'éprouve les sentiments que doivent ressentir les chercheurs d'or quand ils découvrent un filon. J'ai la chance d'être bien accompagnée et de faire des chantiers qui me plaisent vraiment. Si j'ai des périodes plus calmes, j'en profite pour faire du cheval, pour aller marcher, faire du sport, étudier, aller dans des séminaires sur l'archéologie... Mais cela n'arrive pas souvent et ne dure pas longtemps.

Me confier à Éric me fit du bien. Je sentis que c'était réciproque. Mon amoureux avait besoin de mieux me connaître pour s'engager durablement dans notre relation et j'avoue que je n'avais pas été très bavarde sur mon passé. J'avais juste évoqué une enfance tranquille et heureuse avec des parents unis et aisés qui vivaient dans une belle maison à côté du Golf de Saint-Nom-La-Bretèche.

Lui de son côté, n'avait pas hésité à me raconter son enfance dont il gardait de bons souvenirs. Ses parents étaient commerçants. Ils avaient tenu pendant longtemps une librairie dans le vieux village de Saint-Cloud avant de partir à la retraite. Il avait grandi dans les appartements situés au-dessus du magasin. Enfant unique, il était dorloté par sa mère. Éric Massarina, d'origine italienne, avait toujours de la famille en Toscane, ce qui tombait bien, car j'adorais cette région où j'avais eu l'occasion de voyager à plusieurs reprises dans le passé. Enfant de chœur dévoué, il avait grandi en allant à la messe avec sa famille tous les dimanches dans l'église en face de chez lui. Il avait fait des études d'ingénieur à Paris et après quelques années en tant que consultant salarié d'une grande entreprise, il s'était mis à son compte en créant sa société. Il avait rencontré son ex-femme à 19 ans et ils s'étaient mariés cinq ans après. Noémie était ensuite arrivée. Quelques années plus tard, ils s'étaient séparés. Les parents d'Éric avaient quelques difficultés à m'accepter. En effet, ils adoraient son ex-femme et même si je n'étais pour rien dans leur séparation puisque j'avais connu Éric bien après, ils me comparaient toujours avec elle. De ce que je comprenais, je ne faisais pas le poids. Je n'étais pas italienne, organisée, je ne cuisinais pas et je n'avais pas d'enfant. Je m'y étais fait, car je les voyais peu et je les trouvais charmants et complètement dévoués à leur fils unique. Ils habitaient maintenant un appartement sur les coteaux de Saint-Cloud pas très loin de celui de leur fils. Toujours présents pour garder Noémie si nécessaire, ils s'occupaient d'elle après l'école avant qu'il ne finisse sa journée. Cela l'avait beaucoup aidé lorsqu'il s'était séparé de sa femme. Quand j'étais invitée chez eux, sa mère cuisinait des spaghettis délicieux et son père me servait un Brunello di Montalcino divin. Ils voulaient repartir dans le Sud. Ils ne savaient pas encore s'ils voulaient retourner à côté de Sienne, là où habitaient toute leur famille, ou s'ils s'installeraient dans le sud de la France, mais le soleil leur manquait.

Je ne parlai à Éric de la disparition de mon voisin que le dimanche soir vers vingt-deux heures alors que nous étions sur la route du retour. À ma grande surprise, mes recherches l'intéressèrent vraiment. Au lieu de me dire, comme je m'y attendais, de ne pas perdre mon temps à m'occuper de quelque chose qui ne me regardait pas, il trouva la situation inédite et l'enquête que je menais passionnante. Il ne s'agirait pas de la disparition d'un de mes amis, il aurait presque applaudi. Il ne songea cependant pas un instant à s'investir, il abordait tout cela comme s'il lisait un livre d'Agatha Christie. Il voulait connaître le dénouement de l'histoire, mais pas y jouer un rôle, ce qui me convenait fort bien, pour le moment en tout cas.

— Emma, tu as pas mal d'éléments en ta possession. Maintenant, si tu veux avancer dans tes investigations de manière rapide, va voir la mystérieuse maîtresse dans sa galerie d'art.

— Et que se passe-t-il quand je la rencontre ?
— Pardon ?
— Imaginons que je fasse ce que tu me dis. Je la rencontre et quand elle me demande si un tableau m'intéresse, je lui dis quoi ? *Bonjour, je sais que vous êtes la maîtresse*

de mon voisin et il a disparu. Auriez-vous une idée du lieu où il aurait pu aller ?

Éric éclata de rire.

— Pourquoi pas ? Je te fais confiance, tu sauras improviser. Tu veux retrouver Bernard, non ? Aucune piste ne doit être négligée et, pour le moment, c'est la seule que tu aies… Si c'est vraiment sa maîtresse et qu'elle tient à lui, elle doit être morte d'inquiétude. Elle n'a pu en parler à personne qui le connaît. Une fois que tu l'auras rassurée sur le fait que tu n'iras pas la dénoncer auprès de son mari, elle se sentira soulagée de pouvoir partager ses craintes…

Je ne savais que croire. Tout paraissait si simple quand Éric me parlait, mais j'étais certaine que ce ne serait pas le cas. J'allais aborder une inconnue, qui ne me connaîtrait pas, et lui annoncer que j'avais connaissance de sa liaison extra-conjugale. Imaginer que la dame en question prenne bien la nouvelle et m'accueille à bras ouverts était illusoire. J'aurais même de la chance si elle ne me mettait pas dehors. Mais mon amoureux avait raison, c'était ma piste principale pour le moment. Je devais tenter ma chance.

Une fois de retour chez moi, je donnai des croquettes à Spicy qui m'attendait avec impatience. Je consultai ensuite les horaires d'ouverture de la galerie. Elle n'ouvrait pas le lundi. J'irai donc rendre visite à Laurence Renard le mardi dans l'après-midi. Mon métier avait l'avantage de me laisser toute latitude sur l'organisation de mes journées et je ne comptais pas mes heures. Personne ne me ferait de réflexions si je revenais un plus tard que d'habitude de ma pause déjeuner…

En attendant, je me suis mise sur Google pour faire quelques recherches sur Laurence Renard et sa galerie d'art. J'eus un choc en découvrant la photo de l'amoureuse de mon voisin et compris tout de suite pourquoi sa voix m'avait dit quelque chose. Cette femme vivait dans ma rue ! J'avais déjà discuté avec elle plusieurs fois !

Une fois remise de ma surprise, je consultai les autres éléments disponibles sur l'artiste peintre. J'appris que la maîtresse de mon voisin était une riche héritière. Son père, Paul Renard, mort il y a deux ans et demi d'une embolie pulmonaire à 75 ans, était un industriel qui avait créé un empire en fabriquant des pièces automobiles. Il avait longtemps fourni Renault, très implanté à Suresnes auparavant. Elle était sa fille unique et il était divorcé et non remarié depuis une quinzaine d'années. Elle avait donc hérité de toute sa fortune. Son père avait eu la bonne idée de revendre, à un très bon prix, son entreprise et ses filiales à des Suédois, juste avant de mourir. Cela avait fait la une des journaux économiques. La transaction avait été importante, car, quarante-cinq ans après sa création, la PME était devenue une multinationale, reconnue dans le monde entier, qui fournissait aussi bien des pièces d'équipement d'origine que de remplacement. Son héritage en poche, Laurence avait quitté son emploi de chargée de communication dans une entreprise d'évènementiels pour s'acheter une galerie d'art, son rêve de toujours.

Sa mère, toujours en vie, avait été une actrice connue dans sa jeunesse. Elle vivait maintenant en Argentine avec un ancien danseur de tango célèbre en son temps. Elle ne semblait pas entretenir avec sa fille de relations très proches.

Autre chose intéressante : divorcée depuis trois ans, Laurence Renard n'avait pas d'enfant. Si on avait un esprit mal tourné, on pouvait en conclure que c'était son mari qui toucherait le pactole à sa mort.

Laurence Renard vivait avec Alain Climont, au numéro 14 de ma rue, un peu en décalé par rapport à ma maison. Je pensais le couple marié, mais *a priori* ce n'était pas le cas – sauf si Laurence avait choisi de conserver son nom de jeune fille. Le trigramme LRE ne m'avait rien dit, car je connaissais ma voisine sous le nom de Climont. J'avais croisé le couple à quelques reprises et surtout échangé des banalités avec Laurence. Je n'éprouvais aucune sympathie pour son mari. Je le trouvais même bizarre, avec sa démarche étrange, toujours mal habillé dans des vêtements beiges sans forme. Son allure était inquiétante, un peu savant fou dans son monde. Il semblait déconnecté des réalités avec son air taciturne. Il ne disait jamais bonjour. Il devait approcher des 60 ans, petit avec un long nez, une grande bouche, pratiquement plus de cheveux à part une longue mèche, censée cacher sa calvitie, qui bougeait sur sa tête. Il regardait les gens d'un regard froid avec ses yeux d'un bleu métallique. Je n'avais jamais compris ce que ma voisine lui trouvait.

Le message que Laurence avait envoyé à Bernard me donnait raison. Elle avait de quoi s'inquiéter, l'homme semblait jaloux et si elle le quittait pour aller avec Bernard, il avait gros à perdre. Un frisson me parcourut.

6

Le mardi en début d'après-midi, je me présentai, rue de Seine, devant la galerie. Sa devanture très classique entourée de bois vert foncé n'était pas très large. En entrant, je pus constater que les locaux étaient plus profonds que je ne m'y attendais. Le lieu se voulait très épuré dans des tons assez neutres afin de mettre en valeur les œuvres d'art qui y étaient exposées.

Je n'avais pas dormi de la nuit, me retournant sans cesse dans mon lit. Comment allais-je procéder pour aborder Laurence Renard ? Mon but était d'arriver à lui expliquer la situation sans me faire jeter dehors avant la fin de mon discours. Je fis mine d'être une cliente potentielle en attendant qu'elle ne s'intéresse à moi.

Je déambulais donc dans la galerie et en profitais pour contempler les tableaux. Elle était l'auteure de toutes ces œuvres. Ses natures mortes étaient des plus inattendues. Je n'avais jamais vu de nature morte abstraite. Je n'imaginais même pas que cela puisse exister. Je n'étais pas une spécialiste de l'art contemporain, loin de là, et j'avais parfois du mal à saisir ce que je voyais. À mon goût, beaucoup trop de couleurs coexistaient dans tous les sens sans une réelle harmonie. Laurence Renard vendait-elle de temps en temps un tableau ?

L'artiste peintre était occupée par un couple de potentiels acheteurs d'origine asiatique qui partit peu de temps après mon arrivée. Je me retrouvai alors seule avec la maîtresse de Bernard. Cette dernière se dirigea vers moi. Je la scrutai. Cette femme avait de l'élégance. Grande, elle se tenait très droite, un peu comme une danseuse classique, avec de longs cheveux gris, presque blancs. Son visage était très peu marqué par le temps, sa peau claire, ses yeux gris. Elle portait une robe très ample assez courte qui ressemblait à celles portées dans les années soixante-dix. Difficile de lui donner un âge, même si Internet m'avait appris qu'elle avait 52 ans.

Laurence Renard s'adressa à moi d'une voix posée et grave :

— Bonjour, madame, un tableau vous intéresse ? Puis-je vous être utile ?

Elle me reconnut soudain. Sa voix changea instantanément.

— Quelle surprise de vous voir ici, Emma ! Vous souhaitez acquérir une œuvre d'art pour décorer votre maison ?

Je m'assurai une dernière fois que nous étions bien seules, respirai lentement et pris mon courage à deux mains pour chuchoter :

— Bonjour Laurence. Je ne suis pas venue pour vous acheter un tableau. Je souhaite vous parler...

— Oui ?

— Vous connaissez très bien Bernard Morin, n'est-ce pas ?

Laurence pâlit légèrement.

— Que me voulez-vous ?

— Je suis votre amie. Ne vous inquiétez pas. Je discutais beaucoup avec Bernard. Je m'occupe habituellement de son chat et surveille sa maison quand il part. Mais cette fois-ci, il a disparu depuis plusieurs jours, sans me prévenir. C'est la première fois que cela arrive et je suis très inquiète. Peut-être pourriez-vous m'aider ?

— Pourquoi pensez-vous que je connais plus que cela ce monsieur et que je pourrai vous aider ? Je ne le croise que rarement dans la rue. J'aimerais bien vous rendre ce service, mais malheureusement...

Assez étrangement, en même temps qu'elle me parlait, la galeriste prit son téléphone portable et l'éteignit. Je la laissai faire, intriguée, puis lui coupai la parole en la voyant s'enferrer dans des mensonges plus gros les uns que les autres afin de lui apporter deux ou trois petites précisions qui nous feraient gagner du temps.

— Quand il est parti, il a laissé son portable. J'ai pu y lire vos messages. J'ai également trouvé la lettre que vous avez laissée dans sa boîte aux lettres et la bague qu'il voulait vous offrir avec vos deux noms inscrits…

Elle fondit en larmes à ces mots.

Touchée par sa détresse, j'ouvris mon sac à main pour en sortir le cadeau et le lui donner. Elle le prit délicatement, observa la bague avec attention et la passa à son doigt. Elle la contempla ensuite longuement.

— Elle est magnifique. Merci de me l'avoir donnée.

— C'est normal, elle vous était destinée.

Consciente d'avoir créé une certaine intimité avec elle, j'abordai le but de ma visite de manière plus directe :

— Je n'ai donc guère de doutes sur la teneur de votre relation. Sachez que mon unique objectif est de retrouver Bernard. Je ne compte pas révéler quoi que ce soit à votre mari, n'ayez aucune crainte.

Mon interlocutrice était devenue toute rouge. Elle paraissait très gênée et sous le coup d'une forte émotion. Elle alla donner un tour de clé pour fermer la galerie et retourna une pancarte pour que le côté *fermé* soit visible de l'extérieur, elle descendit enfin un store opaque. Elle revint vers moi et me proposa de m'asseoir dans le canapé en face du fauteuil dans lequel elle s'installa. Une petite table ronde en verre nous séparait. À peine assise, Laurence s'effondra en larmes à mon grand désarroi. Je n'ai jamais su comment réagir face à une personne en pleurs que je ne connais pas. Cette femme paraissait assez froide et peu tactile. Difficile d'aller vers elle et de la consoler. Elle se reprit après quelques instants. D'une voix tremblante, elle ajouta :

— Vous êtes la première avec qui j'en parle. Personne ne savait pour Bernard et moi. Je ne pouvais faire part de mon inquiétude à quiconque. Je suis soulagée d'avoir quelqu'un avec qui discuter. J'ai vu votre appel sur les réseaux sociaux. Je me suis dit que quelqu'un allait peut-être répondre, vous donner des indices, ou encore mieux que Bernard réapparaîtrait. Mais, si vous êtes là, c'est que vous n'avez pas eu de ses nouvelles, n'est-ce pas ?

— En effet. Vous n'avez pas idée d'un lieu où il aurait pu se rendre ? Ou encore de personnes qui lui voudraient du mal ?

— Non. Vraiment. C'est incompréhensible. Nous devions nous retrouver mardi soir lorsqu'il reviendrait d'un dîner au restaurant. Il devait m'appeler dès son retour. Il ne l'a pas fait.

— Vous aviez l'habitude de vous rencontrer la nuit ?

— Non, mais Alain m'avait dit qu'il ne rentrerait pas ce soir-là. Il voyage souvent. Je pouvais donc aller voir Bernard.

— Bernard vous a-t-il dit avec qui il devait dîner ?

— Non. Aucune idée. Ce dîner m'a semblé impromptu. Il m'a laissé un message vocal au dernier moment pour me prévenir.

Je laissai le silence s'installer afin que Laurence puisse reprendre ses esprits. Cela me permit de sortir un calepin pour prendre des notes. Dans tous les romans policiers que j'avais lus, l'enquêteur possédait toujours un petit carnet où il notait tout. Cela me semblait donc une bonne idée de faire de même, d'autant que si je peux me rappeler tous les os du corps humain ou dater une cruche du Moyen Âge sans difficulté, je n'ai pas une bonne mémoire pour le reste.

Comme je l'espérais, Laurence reprit la parole. Elle éprouvait manifestement un grand besoin de se confier.

— Cela fait maintenant six mois que nous sommes ensemble. C'est peu et en même temps suffisant pour comprendre que j'étais en train de faire une énorme erreur en restant avec Alain. J'ai connu Bernard lors d'une conférence expliquant la manière de diminuer notre empreinte écologique sur la planète. Cette réunion, très intéressante, était organisée dans le quartier par une association locale. Nous nous étions auparavant croisés à plusieurs reprises dans notre rue, mais sans plus. Là, en rentrant à pied, nous avons pu discuter un peu et lorsque nous nous sommes revus de nouveau, nous avons pris le temps de mieux nous connaître. Nous nous rencontrions discrètement dans l'arrière-salle de ma galerie qui dispose d'une seconde entrée à l'arrière du bâtiment par laquelle Bernard venait me rejoindre. Alain ne connaît pas l'existence de cette entrée. Les rares fois où il est venu ici, je ne lui en ai pas parlé. Même s'il avait eu des doutes et qu'il avait voulu me surveiller, il n'aurait pas pu voir qu'un homme me rejoignait ici.

Sa voix se brisa.

— Je suis persuadée que Bernard est la personne qui me correspond... Quand je vous ai entendu parler du cadeau tout à l'heure…

Elle s'interrompit tant l'émotion la submergeait. Elle se ressaisit après quelques instants.

— Je ne suis pas mariée. Je connais Alain depuis deux ans maintenant. Je l'ai rencontré lors d'un vernissage que j'avais organisé à la galerie. Je sortais à l'époque d'une rupture sentimentale douloureuse et mon divorce avait été compliqué. De plus, mon père était mort peu de temps auparavant. J'étais fragile, Alain a su être à mon écoute et m'a aidée à reprendre le dessus.

Elle soupira.

— Rétrospectivement, je me demande comment il avait atterri là, car j'ai vite réalisé que l'art ne l'intéressait pas. Il est ingénieur chez Dassault, l'entreprise se situe dans le bas de Suresnes. Il est passionné par les avions.

Elle soupira à nouveau, puis reconnut pensive :

— Nous n'avons finalement que peu de sujets en commun… Comment ai-je pu me faire embobiner comme cela ?

— La maison dans laquelle vous vivez vous appartient ?

— Non ! Elle est à lui. C'est sa première femme qui l'a achetée, il y a une vingtaine d'années, lorsque des logements de la cité-jardin ont été mis en vente afin que des particuliers puissent les acheter. Je me suis installée chez lui après l'avoir fréquenté quelques mois. Il ne voulait pas déménager chez moi, même si ma maison était bien plus spacieuse que la sienne. Il m'a dit avoir un attachement fort à son domicile. Il m'a donc demandé de quitter les Hauts de Vaucresson pour le rejoindre. Cela m'a semblé bizarre, mais j'étais sous son charme. Cela ne m'a pas semblé important et je suis venue vivre chez lui.

— Vous dites première femme, mais il a eu d'autres femmes ?

— Oui, une autre.

— Deux fois divorcé donc.

— Non, ses deux femmes sont décédées.

Je n'insistai pas, mais me promis de faire des recherches sur mon voisin, deux fois veuf. Soit il n'avait vraiment pas de chance, soit il devenait de plus en plus inquiétant. Laurence me semblait suffisamment stressée comme cela pour ne pas en rajouter. Je gardai mes réflexions négatives pour moi.

— Vous deviez vous séparer d'Alain, ce soir-là ?

— Oui. Je devais aller chez Bernard et apporter mes affaires. Je ne voulais pas retourner dans ma maison de Vaucresson, car il en connaissait l'existence et j'avais peur qu'il me harcèle ou vienne pour savoir pourquoi je l'avais quitté. Je ne voulais pas qu'il apprenne que j'étais partie pour Bernard. J'avais donc loué une maison à Saint-Cloud, dans le quartier de Montretout. Je souhaitais m'y installer avec l'aide de Bernard qui devait m'y emmener en voiture dès le lendemain matin. Je comptais profiter de l'absence d'Alain en voyage professionnel pour empaqueter mes affaires et sortir de sa vie. Il est d'un tempérament si ombrageux que j'avais peur de sa réaction si je le prévenais avant de partir. En plus…

Laurence s'interrompit… Elle hésitait à se confier davantage. Je l'aidai :

— Oui, en plus…

— Je suis gênée de vous raconter cela, mais Alain est bizarre ces derniers temps et surtout, vous allez me prendre pour une folle, nous pensons qu'il me surveille. Je deviens paranoïaque et je fais attention à tout. J'ai vu votre air surpris tout à l'heure quand j'ai éteint mon téléphone. Mais, on peut prendre la main à distance sur les téléphones, les micros et les webcams des ordinateurs et les déclencher sans que leur utilisateur ne s'en rende compte. C'est Bernard qui m'a mis la puce à l'oreille. Il se sentait épié lui aussi. Il m'en a fait part. Alain sait plein de choses sur nous même si je ne sais pas exactement lesquelles.

— Oui, je suis au courant. Je vous avoue que j'ai ouvert son courrier et que j'ai lu la lettre que vous lui adressiez le lendemain de sa disparition. Je m'en excuse.

— Je comprends que vous l'ayez fait. Ne vous inquiétez pas pour cela.

Je suis alors revenue à notre sujet.

— Vous parlez dans cette lettre de votre sensation d'être surveillée. Vous pouvez m'en dire davantage ?

— Alain était perfide, il faisait des allusions. Cela s'est accentué après la disparition de Bernard. Mercredi dernier, alors que Bernard avait disparu depuis la veille, il m'a demandé où nous pourrions partir pour notre voyage de noces. Il a proposé les Maldives. Je ne vous dis pas le choc que cela m'a fait. Je devais partir en voyage aux Maldives avec Bernard deux jours après mon départ. Je me suis alors dit que c'était une coïncidence. Mais, un peu plus tard dans la journée, il m'a suggéré de regarder les maisons dans le quartier de Montretout à Saint-Cloud. Devant mon air ahuri, il m'a dit que finalement, c'était une bonne idée de déménager là-bas. Je me suis alors demandé s'il n'avait pas pris un détective privé pour me suivre, s'il n'y avait pas des micros dans la maison. Je me suis alors souvenue ce que Bernard m'avait expliqué : on pouvait surveiller les gens avec leur téléphone et leur ordinateur.

— Et vous envisagez toujours de le quitter ?

— Je pensais le faire pour vivre avec Bernard, mais maintenant…

Elle se remit à pleurer.

— Vous n'aimez plus Alain, n'est-ce pas ? J'ai même l'impression qu'il vous fait un peu peur, non ?

— En effet, je ne l'aime plus et je le trouve très menaçant.

Laurence réfléchit un instant avant de dire d'une voix lasse :

— Oui, je l'avoue, il me fait peur.

Je ne connaissais pas Laurence depuis longtemps, mais je ne pus m'empêcher d'être directe avec elle tant je la sentais en danger avec cet individu.

— Alors vous devriez peut-être réfléchir à le quitter pour votre sécurité.

— Oui, vous avez raison. Je peux aller dans la maison que j'ai louée, mais toute seule, je vais être sur mes gardes tout le temps. Je vais annuler cette location qui n'a plus aucun sens… Je peux aussi loger quelque temps chez des cousins qui ont un hôtel particulier pas loin d'ici ou encore dans ma maison dans les Hauts de Vaucresson, mais il sait où elle est. Dans tous les cas, il pourra me retrouver à la galerie, vous savez. Quant à aller seule aux Maldives, c'est hors de question.

— Vous pourriez lui laisser une lettre lui expliquant que votre rupture est définitive et que vous ne souhaitez plus le revoir…

— C'était notre préoccupation avec Bernard. Comment allions-nous gérer les relations avec lui après notre séparation ? Bernard habite dans la même rue que lui, je ne vais pas lui demander de quitter sa maison pour aller vivre avec moi ailleurs, quand même ! Il tient à sa maison, il est en train d'y installer une piscine… Cela lui a pris des mois pour faire les démarches administratives…

Je préférai ne pas insister. Certaines personnes ne peuvent envisager de vivre seules et préfèrent être mal accompagnées. Je regardai ma montre.

— Écoutez, je dois aller travailler. Je vais repartir. Prenez le temps de la réflexion. Je vous laisse mon numéro de portable. Si vous avez un souci, vous pouvez toujours m'appeler et vous savez où j'habite. Si Bernard vous donne des nouvelles, surtout prévenez-moi. Si vous croyez vraiment qu'Alain vous épie, prenez un téléphone portable prépayé et ne le lui montrez jamais. Continuez à utiliser celui que vous avez actuellement quand vous ne rencontrez pas de problème de confidentialité afin de ne pas éveiller ses soupçons.

— C'est ce que Bernard m'avait recommandé de faire.

— Bernard avait-il acheté un nouveau téléphone ?

Je sentis l'espoir renaître. S'il avait un deuxième téléphone et que je n'avais que celui qu'il avait toujours eu, il serait alors possible de le géolocaliser. Mon espoir retomba aussitôt comme un soufflet qui a trop attendu.

— Non. Il voulait que nous en achetions un chacun, mais nous n'avons su que la veille de sa disparition qui nous espionnait. Nous n'avons pas eu le temps de nous en occuper. Nous évitions dans la mesure du possible de communiquer par téléphone.

— Vous avez eu la preuve que vous étiez sous écoute ?

— Oui, nous savions qu'Alain nous surveillait.

Avant qu'elle n'ait pu m'en dire davantage, quelqu'un sonna à la porte. Je devais partir. Nous nous sommes interrompues.

Laurence me promit d'acheter un téléphone prépayé dès mon départ et de m'envoyer son numéro.

Je partis rapidement. En me rendant sur mon chantier, je repensai à la discussion surprenante que je venais d'avoir. Mes craintes se confirmaient. Alain Climont était un voisin des plus suspects.

7

Je consacrai mon après-midi à extraire avec minutie un deuxième sarcophage en plâtre de la terre. À l'intérieur se trouvaient un squelette et des objets funéraires magnifiques, dont des fibules en forme d'animaux et des bijoux en or, grenat et fer. L'état de conservation de cette trouvaille était remarquable. Toute l'équipe était enthousiaste. Des recherches plus approfondies avaient permis de se rendre compte qu'ils n'étaient pas, comme nous l'imaginions au départ, dans un cimetière, mais à l'intérieur d'un édifice religieux dont aucune mention ne figurait dans les archives. D'autres découvertes étaient en cours d'analyse. Ce chantier allait durer beaucoup plus longtemps que prévu. Ravie, je n'abandonnai mon poste qu'à regret, tard dans la soirée, sans avoir eu le temps de repenser à mes voisins.

J'arrivai chez moi, exténuée, mais bien décidée à reprendre mes recherches sur Internet, au sujet d'Alain Climont cette fois-ci. Tout le monde laisse des traces et j'espérais bien en trouver afin de me faire une meilleure idée du personnage.

Je me douchai rapidement et avalai un grand verre d'eau afin de me donner du courage. J'aurais bien pris un peu de temps pour lire ou regarder la télévision, mais je me dirigeai vers mon ordinateur pour me remettre sur mes recherches. Si je ne m'y mettais pas tout de suite, je n'aurais pas le courage de m'y atteler plus tard.

En me connectant sur Internet, je vis qu'un nouveau message m'attendait sur la page Facebook que j'avais créée pour médiatiser la disparition de l'astronome et recueillir des témoignages. Jusqu'à présent, les retours n'avaient pas été concluants. Pas de témoins, pas de famille, en revanche, sa page avait été beaucoup partagée.

Je ne m'attendais donc pas à découvrir un message très intéressant, mais je pris quand même quelques instants pour le consulter. Je ne l'ai pas regretté. Le message provenait d'un des serveurs de la *Mare aux canards*.

Bonjour, j'ai vu votre appel à témoins concernant la disparition de Bernard Morin. Je peux vous dire que je l'ai servi à la terrasse de la Mare aux Canards *ce soir-là. Il était accompagné d'un autre homme. Appelez-moi au numéro ci-dessous si vous voulez plus d'informations.*

Évidemment, je le rappelai immédiatement. L'homme me confirma avoir servi Bernard – comme il était passé dans des émissions à forte audience à la télévision, il était reconnaissable facilement.

— Il était accompagné d'un autre homme avec qui la discussion semblait vive. Ils ne criaient pas, mais leurs voix étaient sourdes et contenues. La tension entre eux était palpable. Ils se taisaient dès que je venais les servir.

Je pressai le serveur de questions :

— Pouvez-vous me décrire la personne avec qui Bernard Morin se trouvait ? Son nom a-t-il été prononcé ? Avez-vous remarqué ou entendu quelque chose de particulier ?

Le serveur, qui s'appelait Damien, se montra coopératif :

— L'homme était en costume de ville gris. Cheveux rares et gris clair. Une barbe. Des yeux foncés, même s'il ne savait dire précisément leur couleur. Plutôt mince et grand. Les deux hommes se connaissaient. Je crois que Bernard Morin a prononcé le nom de Daniel et celui d'Alain, mais je ne peux pas vous dire si la personne avec qui il mangeait s'appelait comme cela.

Je notais avec frénésie tout ce que me disait Damien dans mon calepin. J'avais peur d'oublier une information qui serait peut-être importante plus tard.

Cependant, à ces mots, mon sang ne fit qu'un tour. L'homme qui dînait avec Bernard pouvait-il être Alain Climont ? Difficile à croire. La description ne correspondait pas. De plus, Bernard aurait forcément prévenu Laurence par un moyen ou un autre, s'il avait dîné avec l'homme qu'elle s'apprêtait à quitter. L'inconnu devait donc s'appeler Daniel ou il s'agissait d'un autre Alain. Impossible de le savoir. En tout cas, le fait que le prénom du petit ami de Laurence apparaisse à nouveau était une coïncidence incroyable et j'avais une tendance naturelle à ne pas croire aux coïncidences.

Damien continua à me fournir les informations que je souhaitais :

— Bernard Morin a réglé la note avec sa carte bancaire. Les deux hommes sont repartis ensemble. Ils devaient se rendre au domicile de Bernard Morin pour retrouver deux autres personnes qu'ils avaient attendues assez longuement en prenant l'apéritif et, finalement, qui n'avaient pas pu venir.

Il s'arrêta quelques instants pour réfléchir puis reprit :

— Oui, je me rappelle… Ils discutaient de travaux…

— De travaux ? Tout le long du repas ? De quel type de travaux ? Des travaux scientifiques ? Des travaux d'aménagement ? De construction ?

Très perplexe, je soulignai dans mon carnet trois fois le mot *travaux*. Les seuls travaux dont j'avais connaissance étaient ceux qu'il comptait faire pour mettre une piscine dans son jardin et les recherches qu'il menait sur le Soleil. Rien qui ne mérite de disparaître.

— Je ne sais pas. Mais ils étaient en désaccord au sujet de ces travaux. Ils ne sont pas parvenus à un compromis, ça, j'en suis sûr. Vu qu'ils se taisaient chaque fois que je venais les servir, je ne peux pas vous en dire plus.

En même temps que je parlais à Damien qui semblait ravi de me faire son compte-rendu et ainsi participer à mon enquête, j'envoyai un message sur le nouveau téléphone de

Laurence, lui demandant une photo d'Alain Climont que je reçus en retour dans la minute. Je l'envoyai à Damien. Sa réponse fut sans appel :

— Non, ce n'est pas lui. Ce n'est pas l'homme qui était à la table de Bernard Morin.

— Vous en êtes sûr ?

— Oui, certain. Si vous avez des photos d'autres personnes, n'hésitez pas à me les envoyer. Je mémorise bien les visages.

En raccrochant, je ne savais pas si je devais être déçue ou soulagée. Cela aurait été presque trop simple. Une vengeance passionnelle. Le petit ami en titre attire son rival et le tue. Cette piste ne semblait donc pas la bonne. En tout cas, ce que je venais d'apprendre expliquait beaucoup de choses : pourquoi l'alarme n'était pas mise, pourquoi il avait laissé ses kidnappeurs entrer chez lui, pourquoi la porte était restée ouverte… Comme je l'avais toujours cru, il connaissait ses agresseurs. J'ouvris une nouvelle fois son carnet d'adresses à la recherche d'un autre Alain ou d'un Daniel. Mais je ne trouvai rien de tout cela. C'était très étrange.

Perplexe, je m'attelai à mes recherches sur Alain Climont. Ce que je trouvai sur Internet me mit mal à l'aise. Ma voisine était en grand danger avec cet homme, j'en étais maintenant persuadée. Il ne fallait pas être son ennemi. Un peu paranoïaque, je me promis de prendre quelques précautions pour ma sécurité personnelle. Je commençais à comprendre pourquoi l'instinct de cette dernière lui soufflait qu'il la surveillait. Il était trop tard et surtout trop risqué pour la prévenir. J'attendrai demain et l'appellerai dès l'ouverture de la galerie.

8

Sa journée avait commencé à aller de travers lorsqu'il avait démarré ses travaux… Pour creuser dans son jardin, il avait loué une petite tractopelle. Il était content d'installer sa piscine.

C'était un projet dont il rêvait depuis des années. À 8 ans, après le divorce de sa mère, il avait vécu avec elle chez ses grands-parents. Leur maison magnifique possédait une grande piscine. Si l'endroit était idyllique, ses grands-parents n'oubliaient pas de rappeler constamment à sa mère qu'elle ne s'en sortait que grâce à eux et qu'elle vivait à leurs crochets.

À 10 ans, Bernard s'était promis qu'un jour, lui aussi aurait une belle piscine. Il aurait aimé que sa mère soit encore vivante pour en profiter. Réaliser cette promesse n'avait pas été possible rapidement, car il avait habité longtemps en appartement et beaucoup voyagé à l'étranger.

Cela faisait maintenant six ans qu'il vivait à la cité-jardin avec suffisamment de terrain pour pouvoir réaliser son rêve. Il avait entrepris les démarches nécessaires pour obtenir les autorisations, ce qui avait pris un peu de temps, car l'architecture remarquable de la cité-jardin était protégée. Ensuite, il avait acheté une petite piscine hors-sol en bois à monter de cinq mètres cinquante par trois mètres cinquante. Bricoleur, il voulait la poser lui-même. Il avait donc loué une petite tractopelle pour aplanir et abaisser le niveau du sol.

Le lendemain de l'arrivée de la tractopelle, il avait attaqué les travaux et commencé à creuser dans son jardin.

Son voisin d'en face, au 12, Daniel Taurame l'avait interrompu alors qu'il creusait depuis à peine dix minutes. Il était venu le voir pour lui demander ce qu'il comptait faire avec son engin. Bernard, amusé par sa curiosité, le lui avait expliqué et manifestement Daniel n'avait pas trouvé l'idée bonne.

— Cela va poser des problèmes de voisinage, cette piscine ! Vous allez faire des envieux. Vous ne devriez pas. Et puis, je suis très étonné que vous ayez eu l'autorisation d'en installer une dans la cité-jardin. Vous savez qu'on ne peut pas construire tout ce que l'on veut ici, n'est-ce pas ?

— Oui, en effet, je vous confirme que j'ai effectué toutes les démarches nécessaires de manière à ce que tout soit en règle. Mais je ne vois pas en quoi avoir une piscine peut générer des problèmes de voisinage. Pouvez-vous m'expliquer ?

Et là, Daniel s'était enferré dans des digressions vaseuses et il était reparti laissant Bernard plus que perplexe. Il s'entendait bien en temps normal avec son voisin, même si ce n'était pas quelqu'un de proche. Il ne s'expliquait pas sa réaction. Son voisin partit l'air très fâché lorsqu'il l'avait quitté.

Contrarié par cette discussion, Bernard poursuivit ses travaux pendant une vingtaine de minutes avant de regarder l'heure et de s'arrêter. Il n'avancerait pas plus aujourd'hui, car c'était *le* grand jour avec Laurence. Ils allaient enfin pouvoir s'installer ensemble, et ce, même s'ils ne savaient pas encore où ils vivraient. Il aurait préféré que ce soit dans sa maison, mais loger dans la même rue qu'Alain Climont pourrait s'avérer compliqué. Il allait donc peut-être devoir vendre ou louer sa maison... S'il avait su cela il y a quelques mois, il n'aurait évidemment pas engagé ces travaux...

Sans s'interroger davantage sur les raisons de la mauvaise humeur de Daniel, il remonta sur son engin pour le ranger pour la nuit. En redescendant, il remarqua quelque chose de blanc qui dépassait du sol. Il se pencha et déterra un os. Cela lui fit froid dans le dos. L'os paraissait trop long pour appartenir à un chat ou un chien, ou alors le chien devait être grand. Il avait tout de suite envoyé un message à sa charmante voisine Emma, grande spécialiste de l'analyse des cadavres moyenâgeux, afin qu'elle puisse lui dire de quoi il en retournait. Il ne toucha plus à rien, attendant qu'elle ne rende son verdict. Avec un torchon, il déposa délicatement l'os pour le mettre à l'abri sur l'une des étagères de son bureau.

Emma lui avait répondu un peu plus tard qu'elle passerait le lendemain après son travail. Impatient d'apprendre ce qu'elle allait lui dire, il n'imaginait pas un seul instant avoir découvert un os humain.

Il alla ensuite se préparer pour recevoir Laurence à dîner. Il se doucha en quelques instants, se rasa, se peigna et enfila une chemise, un jean et des mocassins. Il déposa sur la table de la salle à manger une excellente bouteille de chianti et sortit deux verres à dégustation. Laurence adorait le vin italien, elle allait apprécier celui-là.

Il reçut alors un appel du voisin du 10, Gilles Filgade. Il ne put s'empêcher d'être surpris. Les voisins s'étaient-ils donné le mot ?

Mais son voisin ne lui parla pas de la piscine. Il lui fit une proposition surprenante. Il l'invita à dîner.

— Je souhaite vous inviter à dîner avec moi et deux autres voisins ce soir. Je suis désolé de m'y prendre aussi tard, mais c'est important et entre les obligations des uns et des autres, trouver une date n'est pas simple.

— Je serai ravi de me joindre à vous, mais je ne suis pas disponible ce soir.

Le voisin insista, parla d'urgence, expliqua qu'il ne pouvait pas en dire plus au téléphone. Bernard, d'un naturel conciliant, se laissa convaincre. Ils convinrent d'un dîner rapide à *La Mare aux Canards*, dans la forêt de Meudon. Il aimait bien ce restaurant simple qui avait comme spécialité le poulet grillé ou le canard servi avec des frites et des petits pois ou de la ratatouille. Le repas ne durerait pas trop longtemps. Il insista pour qu'ils se retrouvent tôt. Il laissa ensuite un message à Laurence pour lui dire qu'il avait un contretemps et qu'ils ne pourraient se voir que plus tard dans la soirée vers vingt-deux heures, vingt-deux heures trente. Il la rappellerait dès son retour.

9

Le lendemain matin, je me réveillai difficilement. Jusque tard dans la nuit, j'avais consulté une longue série d'articles de journaux et accumulé des révélations sur Alain Climont qui faisaient froid dans le dos. Comment Laurence Renard avait-elle pu ne rien savoir ? Je réfléchis un instant, je réalisai que, moi non plus, je n'avais jamais effectué de recherches Internet sur mon petit ami. Un peu stressée, je tapai son nom en m'attendant au pire. Soulagée, je constatai qu'Éric était un individu sans passé louche et qui semblait très normal. Il n'était visible que sur le site de son école d'ingénieur, dans des rubriques de créateurs d'entreprises et sur les réseaux sociaux professionnels. Rien de grave. Je me détendis un bref instant, avant d'appréhender l'appel téléphonique que je devais passer à Laurence pour lui annoncer le résultat de mes recherches.

Je voulais être sûre qu'elle était seule vu ce que je devais lui annoncer. Cette dernière m'avait assuré que son compagnon n'allait jamais à la galerie. Il n'y aurait pas foule le matin, à l'ouverture, à dix heures trente.

Je travaillais de chez moi ce matin-là. J'en profitai pour appeler Laurence. Le téléphone ne sonna pas longtemps avant que ma voisine ne décroche. Elle semblait contente de m'avoir au téléphone. Elle me proposa qu'on se tutoie. Sympathique, Laurence pourrait devenir une bonne amie. J'acceptai avec plaisir en contenant avec peine un soupir : *si elle savait...* Je ne tergiversai pas davantage et j'abordai, sans plus attendre, le sujet de mon appel.

— Laurence, as-tu fait des recherches sur Internet sur Alain ?

— Comment cela ?

— Et bien, es-tu allée sur un moteur de recherches taper le nom de Alain Climont et as-tu regardé les résultats qui sortaient ?

— Non. Je ne suis pas très Internet, je n'ai d'ailleurs qu'un vieux PC à la galerie pour faire les tâches administratives et les courriels, mais sinon je n'utilise pas d'ordinateur. Si tu m'en parles, c'est que toi, tu as enquêté, j'imagine ?

— Oui. En effet.

— Et ?

— Ce que j'ai trouvé n'est pas très…

Je cherchai le mot adéquat et poursuivis :

— Folichon…

Elle ne sut quoi me répondre pendant quelques secondes tant elle était surprise. Elle se ressaisit et me demanda :

— Folichon… qu'est-ce que tu veux dire par là ?

— Alain a fait parler de lui à deux reprises, dans la presse. Ses deux femmes sont mortes dans des conditions qui ont été jugées, à l'époque, très… douteuses… Et, chaque fois, on s'est demandé s'il ne les avait pas tuées pour toucher l'héritage…

Mon interlocutrice étouffa un cri. Elle me demanda de patienter un instant d'une voix étranglée. J'entendis le carillon de la porte de la galerie. Laurence fermait sa boutique afin d'être tranquille. Dès qu'elle reprit son téléphone, je poursuivis :

— Ses deux femmes venaient de se marier depuis peu et elles étaient riches… très riches…

— Mince… Un peu comme moi… quoi…

— Oui, c'est ça…

Un silence, qui me parut interminable, s'installa à nouveau. Laurence parla d'une voix tremblante :

— Comment sont-elles mortes ?

— La première s'est suicidée et la seconde a disparu, peut-être en mer, on n'a jamais vraiment su…

— Tu me fais très peur là…

Essayant d'être positive, je la rassurai avec un peu d'humour :

— Bon après, tant que tu n'es pas mariée avec lui, tu ne risques rien…

Mais Laurence ne fut pas sensible à ma mauvaise blague :

— Comment vais-je pouvoir retourner ce soir chez moi et dormir avec lui ? Ce n'est pas possible…

— Quand est-ce qu'il repart en voyage ?

— Il n'a rien de prévu pour le moment.

— Tu as envisagé la possibilité de le quitter ?

— J'ai très peur de sa réaction. Il sait où se trouve la galerie. Il pourrait me retrouver…

— Comment fais-tu quand tu pars en vacances ?

— Une personne de confiance s'occupe de la galerie pour moi.

— Alors, le temps qu'on éclaircisse tout cela, dis à Alain que tu dois t'absenter pour une raison ou une autre et disparais de la circulation. Ne lui annonce pas que tu t'interroges sur ta relation avec lui, mais plutôt que tu dois aller voir une personne de ta famille ou une amie qui va mal. Te sens-tu capable de t'occuper de cela ?

— Je vais réfléchir…

Le soir, Laurence m'appela de l'aéroport. Elle partait en Irlande rendre visite à une amie d'enfance. Elle avait eu Alain au téléphone pour le prévenir et celui-ci n'avait pas tiqué. Cette amie était malade depuis un moment et Laurence avait évoqué le projet de ce voyage quelques semaines auparavant. Elle m'avoua qu'elle avait pris la précaution de mettre dans son coffre-fort, tous ses bijoux et papiers importants, et de changer le code. Au cas où… Elle restait évidemment disponible pour moi.

10

Soulagée de savoir Laurence à l'abri, je repris mon enquête avant qu'Éric n'arrive pour passer la soirée avec moi à auditer les fichiers de mon voisin. J'ouvris l'enveloppe que m'avait laissée Bernard lorsqu'il avait installé le NAS chez moi. Elle contenait, comme je m'y attendais un peu, une notice avec des mots de passe. Rapidement, je la jugeai destinée aux initiés, donc incompréhensible pour la plupart des utilisateurs de mon niveau. Éric, lui au moins, s'y connaissait. Et puis, il participerait un peu à l'enquête comme ça. Cela me faisait plaisir de l'associer à mes recherches, surtout dans un domaine où j'avais des points faibles évidents. L'informatique se résumait pour moi à la manipulation de logiciels simples liés à l'archéologie, à des recherches sur Internet et à rien d'autre.

Je découvris également une autre enveloppe à l'intérieur de celle qui contenait la notice… Je l'ouvris avec fébrilité. Je reconnus la petite écriture fine pleine de pattes de mouche de mon ami :

Emma, si tu lis cette lettre, c'est que quelque chose de grave m'est arrivé, comme je le craignais. Je me suis rendu compte que j'étais espionné. Mon PC a été mis sous surveillance. Peut-être que mon téléphone portable l'est également. Est-ce lié à mes recherches sur le Soleil ? Je suis lauréat pour un prix scientifique, ce qui peut faire beaucoup d'envieux. À un dépit amoureux ? À des affaires de famille ? Je n'en sais rien. Mais j'ai préféré mettre à l'abri mes données au cas où mon ordinateur viendrait à disparaître avec moi. Si c'est le cas, sache que cela ne sera pas parce que je le veux, mais parce que des personnes l'auront voulu. Tu peux aller voir la police avec cette lettre. Tu peux leur montrer le contenu des fichiers. Ils vont d'ailleurs certainement prendre mon NAS. N'hésite pas à le consulter avant... Cela ne me dérange pas...

Cette missive avait été écrite il y a plusieurs semaines, il se savait déjà surveillé même s'il ne savait pas encore par qui. Je me mis à pleurer en la lisant. Ainsi je ne m'étais pas trompée. Plus aucun doute n'était possible. Il avait bien été enlevé et peut-être même tué.

Même s'il y avait de grandes chances que ce soit Alain Climont qui le surveillait, cela ne signifiait pas pour autant qu'il l'avait enlevé. En effet, d'autres personnes pouvaient lui en vouloir. Toutes les pistes devaient être examinées.

Pourquoi son ordinateur avait-il disparu ? De quoi parlait-il quand il évoquait des affaires de famille ? Je devais évidemment prévenir la police, mais auparavant, j'allais faire ce qu'il me suggérait, regarder le contenu du NAS lorsque Éric m'aurait rejoint.

En attendant, j'esquissais une grimace. Je me sentais très mal à l'aise. Je ne connaissais pas ceux qui avaient été capables de s'attaquer à Bernard et de s'emparer de son PC. Comment réagiraient-ils s'ils apprenaient que j'avais une sauvegarde chez moi ? J'espérai ne pas être leur prochaine victime... Je devais me montrer prudente.

Dès qu'Éric arriva, je lui proposai une petite marche en amoureux autour de l'hippodrome de Saint-Cloud. Il esquissa un mouvement de surprise – ce n'était pas une activité prévue au programme – mais lorsqu'il vit que je le fixai avec insistance, il ne posa pas de questions sur l'origine de ce brusque intérêt pour la promenade. Il acquiesça et se dirigea vers la porte d'entrée sans un mot.

Je fis comme Laurence qui se méfiait de son portable et je l'éteignis. Je fermai soigneusement ma maison et mis l'alarme. Nous fîmes quelques pas dehors et alors, seulement, je le mis au courant de la situation. Il se prit au jeu sans résister, plus par curiosité, je pense, que par conviction.

Dès notre retour, il copia le contenu du NAS de Bernard sur un disque dur qu'il avait amené. Il m'avait expliqué lors de notre balade deux ou trois petites choses :

— On va faire attention à ce qu'on se dit dans la maison. Je vais faire deux copies distinctes du NAS. Comme cela, nous en posséderons chacun une. Je vais en stocker une dans le *cloud*[1] également. Vu tes doutes, je te conseille de ne plus utiliser ton ordinateur pour enquêter concernant la disparition de Bernard ou pour échanger avec Laurence et de l'éteindre complètement quand tu ne l'utilises pas. Il insista :

— Par éteindre, je veux dire le couper, pas le mettre en veille comme tu as l'habitude de le faire. Pareil pour ton téléphone. On va procéder de la même manière pour le NAS. Si on l'éteint, on ne pourra pas le pirater. Mieux vaut être précautionneux.

J'avais l'impression de basculer dans un autre monde et de devenir paranoïaque.

Il utilisa son propre ordinateur pour me montrer l'arborescence des fichiers de Bernard. Je m'intéressai tout d'abord à un dossier intitulé *Famille*. Enfin, j'allais pouvoir obtenir des informations sur ses proches afin de les prévenir de sa disparition. Peut-être auraient-ils des pistes pour le retrouver ? En même temps, j'avais conscience que je devais me méfier d'eux puisqu'ils pouvaient être à l'origine de sa disparition si je croyais la lettre que je venais de lire. Quels pouvaient être leurs mobiles ? Toucher son héritage ? L'empêcher de nuire ? Il allait falloir être subtile. Si seulement il m'avait parlé un peu plus de ses proches.

---

[1] Terme anglais qui signifie Nuage. Il s'agit d'un ensemble de serveurs accessibles par Internet et permettant notamment de stocker des données.

J'avais également interrogé Laurence à ce sujet avant son départ, mais cette dernière n'en savait pas plus que moi. Bernard était un homme très secret.

Dans le répertoire *Famille*, je trouvai un dossier sur un homme nommé Christophe Leroy. Je mis un moment avant de réaliser, sidérée, qu'il s'agissait de son fils. Je reconstituai leur histoire après quelques heures de lectures et de recherches.

Bernard n'avait pas toujours été le scientifique sérieux qu'il est maintenant. À l'âge de 22 ans, écologiste, hippie, il fumait de la marijuana à longueur de temps en écoutant du reggae et vivait dans une communauté en Provence. Il buvait des quantités impressionnantes de bière et de rhum, faisait la fête toutes les nuits. Ce fut à l'occasion d'une d'entre elles qu'il rencontra une jeune femme, Tiffany Leroy, étudiante en sociologie, avide de liberté et de rencontres, avec laquelle il eut une relation passionnée pendant plusieurs mois. La jeune femme tomba enceinte et donna naissance à un petit garçon, Christophe. Bernard n'assuma pas financièrement cet enfant – il en était bien incapable à l'époque, mais ne le fit pas non plus quand il gagna bien sa vie – et ne le reconnut jamais. Il n'aida pas non plus la jeune femme qu'il quitta définitivement dès l'annonce de sa grossesse. Celle-ci prenait du LSD et n'était pas en mesure d'élever son bébé qu'elle laissa chez ses parents qui habitaient place du Marché à Versailles. Elle ne tenta jamais de récupérer son enfant.

Pendant des années, Bernard n'eut aucune nouvelle de sa progéniture et ne se manifesta pas. Après ce qu'il appelait pudiquement cet incident, une prise de conscience de l'impasse dans laquelle il était le saisit et il eut envie de se réinsérer dans la société avant qu'il ne soit trop tard. Il quitta sa communauté, reprit ses études d'astronomie en travaillant à côté pour se les payer. À 32 ans, il obtint brillamment son doctorat avec une thèse sur les cycles solaires. La mère de son enfant mourut d'une overdose l'année suivante. Il n'alla pas à son enterrement alors qu'il avait reçu un faire-part de décès. Il avait visiblement la volonté de couper totalement les ponts avec les fréquentations qu'il avait eues durant les années soixante-dix.

Je fus surprise d'apprendre ensuite que, peu de temps avant sa disparition, Bernard avait eu des contacts avec son fils. Ce dernier lui avait écrit afin de lui demander de le rencontrer. Bernard accepta pour la première fois d'entrer en relation avec lui. Il découvrit qu'il vivait toujours chez ses grands-parents à Versailles. Christophe avait préparé une thèse en entomologie – plus précisément sur l'ethnoentomologie – qu'il n'avait jamais terminée. Il ne travaillait pas, car il ne trouvait pas de débouché et n'envisageait pas une reconversion. Intriguée, je me documentai sur l'ethnoentomologie et découvris qu'il s'agissait de l'étude des interactions entre les hommes et les insectes. Trouver des débouchés dans ce domaine n'était peut-être pas évident surtout quand on n'avait pas fini ses études. J'étais étonnée qu'en attendant d'éventuelles opportunités, il ne donne pas de cours en faculté, ce qui lui aurait permis de s'assumer financièrement. Lors d'un repas que le père et le fils avaient eu quinze jours avant la disparition de Bernard, Christophe lui avait réclamé de l'argent. Comme en attestaient leurs échanges par courriel, l'astronome n'accepta pas de lui en donner malgré plusieurs relances pressantes.

Pourquoi Christophe voulait-il de l'argent ? A-t-il voulu se venger en constatant que son père n'accédait pas à ses requêtes ? J'imaginais sans peine la frustration du fils devant le refus d'un père qui l'avait toujours négligé, mais de là à le faire disparaître... Ce serait une vengeance stupide puisque n'étant pas reconnu, il n'avait le droit à aucun héritage puisque la loi interdit les expertises génétiques post-mortem établissant la filiation. Peut-être un geste de colère ?

Je notai dans mon calepin de l'appeler. Avec un peu de chance, il me donnerait peut-être des informations intéressantes. Mais je ne voyais pas comment son fils aurait pu le mettre sur écoute, à moins qu'il soit venu chez lui à plusieurs reprises. J'écrivis aussi de demander à Éric comment on procédait pour mettre les gens sur écoute. Éric semblait également très concentré dans ses investigations et je ne voulais pas le déranger maintenant.

Je continuai à fouiller dans les fichiers du scientifique, prête désormais à apprendre tout et n'importe quoi, tant cette première découverte m'avait surprise.

Je regardai le répertoire *Travaux en cours*. J'appris qu'il était en lice pour le prix Crafoord, un célèbre prix scientifique, qui permettait à son lauréat d'obtenir des fonds substantiels – un peu moins de 600 000 euros – pour continuer ses recherches. Avec étonnement, je pris conscience de la réputation et de l'étendue des recherches de mon voisin. Certes, il était connu du grand public, mais je n'imaginais pas un seul instant qu'il pouvait prétendre à une récompense aussi prestigieuse. Le prix Crafoord reconnaît les disciplines scientifiques qui ne peuvent pas avoir le prix Nobel. Je ne connaissais pas le domaine précis sur lequel ce spécialiste du Soleil travaillait et n'essayai pas de le savoir. En revanche, en parcourant ses courriels, je réalisai que ses ambitions suscitaient bien des jalousies. Avait-il des collègues suffisamment envieux de son succès pour le faire disparaître ? Certaines personnes allaient même jusqu'à revendiquer la paternité de certains de ses travaux. Les échanges étaient tendus et on parlait de procès à venir. Bernard aurait-il volé des idées à d'autres astronomes ? J'imprimai les courriels afin de les relire au calme.

Éric, de son côté, regardait les applications sur son portable. Dans *Notes*, il tomba un peu par hasard sur un message surprenant : *voir d'urgence Emma pour lui demander son avis sur os*. Le message datait du jour de sa disparition.

De quoi parlait-il ? Il semblait avoir besoin de mon expertise pour analyser des os ! Mon domaine de compétence s'arrêtait aux ossements humains. S'il avait trouvé des os en se promenant dans la forêt alentour, il n'y avait que peu de chances de tomber sur des os humains. Peut-être avait-il un problème osseux dont il désirait me parler ? Voulait-il me montrer des radios ?

En consultant le journal des dates de sauvegarde, Éric vit que la totalité des données du PC avait été supprimée le soir de la disparition du scientifique. C'était des plus étrange. Puisque les kidnappeurs avaient le PC, ils n'avaient pas besoin d'en effacer les données.

11

Par où commencer ? Les pistes étaient nombreuses. Qui aurait eu intérêt à faire disparaître Bernard ? Comment faire pour que la police s'empare de l'affaire ? Pourquoi avait-on volé son PC ? Je relus les notes inscrites sur mon carnet et je commençai mon enquête par son fils, Christophe Leroy. Dans le téléphone portable de Bernard, je trouvais ses coordonnées. Sans perdre de temps, je composais son numéro. Personne ne me répondit. Je lui laissais un message, lui demandant de me rappeler au sujet de la disparition de son père. Je ne pouvais pas croire qu'il ne soit pas au courant, l'information avait bien circulé dans tous les médias. Certains journaux télévisés avaient même publié un entrefilet sur le sujet.

Le lendemain, je n'avais toujours pas de nouvelles de lui. Je l'appelais de nouveau en insistant sur l'urgence de mon message. Toujours rien.

D'après les papiers de Bernard, Christophe ne travaillait pas. En fin de journée, je devrais pouvoir le trouver chez lui. Avec l'adresse indiquée sur le calepin de Bernard, je sonnai à un interphone d'un immeuble de la place du marché à Versailles. Mais personne ne me répondit. J'allais repartir quand, tout à coup, un homme ressemblant de manière frappante à Bernard se présenta à la porte. Il dut voir mon air ahuri, car il me fixa bizarrement.

— Ça va, madame ?

— Oui, oui. Vous êtes Christophe Leroy ?

Mon interlocuteur prit un air méfiant.

— Pourquoi ? Vous lui voulez quoi à Christophe Leroy ?
Je sus que j'avais la bonne personne devant moi.
— Je suis la voisine de Bernard Morin.
— Oui ? Et ?
— Avez-vous vu dans la presse ou les réseaux sociaux qu'il avait disparu depuis plusieurs jours ?
— Oui, en effet.
— Il faut demander à la police de faire une enquête pour disparition inquiétante.
Christophe Leroy ne me proposa pas d'entrer chez lui.
— En quoi suis-je concerné ?
— Vous êtes son fils, non ?
— Il ne m'a jamais reconnu. Je ne suis donc pas légalement son fils. Je ne peux rien pour vous. Et puis, à tout vous dire, cela ne me dérange pas qu'il ait disparu. Il n'a jamais été proche de moi, il ne m'a jamais aidé.

J'hésitai un instant. Je ne prenais pas de gros risques dans une rue passante. Il ne pourrait pas se montrer trop agressif. Je me lançai :

— Vous êtes en colère, car il n'a pas voulu vous prêter de l'argent ? Vous le considériez bien comme votre père à ce moment-là, non ?

J'avais appuyé sur un point sensible. Le visage de Christophe Leroy devint cramoisi et il serra les poings. Il ne me répondit pas et commença à ouvrir la porte d'entrée de son immeuble. J'insistai, n'ayant plus rien à perdre.

— Pourquoi aviez-vous tant besoin d'argent, M. Leroy ? Étiez-vous suffisamment en colère pour vous venger ?

Il me coupa brutalement.

— Vous plaisantez, j'espère. Je vais faire comme si je n'avais pas compris que vous insinuez que j'aurais pu agresser mon père.

Je ne me démontai pas. Il était désagréable, je le serai aussi.

— Je vais devoir parler de tout cela à la police, M. Leroy. Vous vous en doutez, n'est-ce pas ?

— D'où tenez-vous toutes ces informations ? Et d'abord, qui êtes-vous ?

— Je suis Mme Latour. Je ne vous dirai pas comment j'ai eu ces informations. Mais sachez que je les ai eues avec l'accord de votre père. La police va vous questionner sur les raisons de votre insistance à vouloir de l'argent.

— Je verrai tout cela avec eux, Mme Latour. Cela ne vous regarde aucunement. Il est très riche, me prêter de l'argent ne lui aurait pas posé de problème.

— Comment ça, il est très riche ? C'est quoi pour vous être riche ?

— Il touche beaucoup d'argent, car il est propriétaire d'un brevet.

— Qu'est-ce que c'est que cette histoire de brevet ? Comment le savez-vous ?

Il ne daigna pas me répondre et me tournant le dos, il mit la clé dans la porte pour l'ouvrir. Il commençait à m'énerver sérieusement. Il ne se montrerait pas coopératif. La moutarde me monta au nez.

— Et puis, que faisiez-vous la nuit de sa disparition ?

— Bon, maintenant, on va arrêter cette discussion.

Le ton était sec. *A priori*, je l'énervais aussi. Il ouvrit la porte et passa. Il ne me proposa évidemment pas de le suivre et me claqua même la porte au nez.

Le personnage était vraiment odieux. Pas étonnant que Bernard n'ait pas voulu avoir des relations suivies avec lui et lui donner ou prêter de l'argent.

À sa décharge, je n'avais pas été très diplomate avec lui, non plus.

Les choses étaient claires, je ne pouvais pas compter sur son aide. J'allais donc devoir prévenir moi-même la police.

12

Alain était passé par plusieurs phases. Il avait d'abord été énervé contre Gilles qui avait eu la mauvaise idée de ne pas éteindre le téléphone portable de Morin lorsqu'il l'avait laissé chez lui. Cela avait permis à la petite peste de regarder ce qu'il y avait dedans.

Ensuite, il avait trouvé que, finalement, ce n'était pas si mal, car il pouvait ainsi la surveiller. Elle avait eu la bonne idée de ne pas se trouver trop souvent loin du téléphone. En mettant la caméra et le micro en marche chaque fois qu'elle bougeait ou parlait à portée du portable, il avait ainsi su que la petite peste était bien trop curieuse.

C'est à cause de cela qu'il avait été très contrarié dès qu'il avait appris que la petite peste possédait un disque dur contenant les données de l'ordinateur de Morin chez elle. Il ne savait pas trop ce que Morin avait copié sur ce disque, mais voulait être sûr de ne pas être pris à défaut. Peut-être que Morin avait fait des recherches sur lui et avait des preuves sur sa double identité ou d'autres choses du même acabit. Il n'aimait pas la lettre que Morin avait laissée à la petite peste. Que lui avait-il écrit ? Vu sa tête, cela ne devait pas être des mots d'amour. Depuis combien de temps l'avait-il écrite ? Que savait-il à ce moment-là à son sujet ?

Il devait récupérer ou détruire ce matériel avant que sa voisine n'aille voir la police. Car la petite peste allait parler à d'autres personnes, à son petit ami et à la police, c'était sûr, et ils allaient chercher et peut-être même trouver des éléments qui pourraient s'avérer compromettants à son sujet. Morin avait-il parlé à quelqu'un des recherches qu'il avait faites sur lui ? Morin avait déjà compris à ce moment-là qu'il était sous surveillance, mais savait-il qui le surveillait au moment où il avait remis le disque et la lettre à Emma Latour ?

13

Ce soir-là, son voisin, Gilles, était passé le prendre en voiture. Quand Bernard le vit arriver dans une autre voiture que la sienne, il fut surpris. Gilles lui expliqua qu'il avait dû emprunter la voiture de son voisin parce que sa femme avait pris la leur pour aller voir sa mère, malade, hospitalisée à Orléans. Bernard était gêné de monter dans la voiture du petit ami officiel de Laurence. Et puis, un doute s'insinua. Alain Climont devait être en déplacement aujourd'hui. Il n'avait donc pas pris sa voiture ? Depuis quand Gilles l'avait-il ? Il se promit d'en parler à Laurence.

Son voisin, qui devait approcher les 60 ans, n'arrêtait pas de passer sa main dans ses cheveux gris. Très nerveux, il n'était pas dans son état normal. Au restaurant, ils prirent deux bières. Ils attendaient les deux autres invités qui n'arrivaient pas.

— Peux-tu me dire la raison de ce dîner ?

— Je préfère que les autres nous rejoignent pour en parler. Cela me paraît plus correct.

Gilles se contorsionnait sur son siège et transpirait. Il enleva sa veste de costume. Il avait des auréoles aux aisselles. Bernard sentait que quelque chose ne tournait pas rond. Une sensation de malaise l'envahit. Il voulut savoir.

— Qui va nous rejoindre ?

— Alain et Daniel.

En entendant ces noms, Bernard eut du mal à cacher sa surprise. Il avait parlé à Daniel, quelques heures auparavant, et à aucun moment, ce dernier n'avait mentionné un dîner.

Tout s'était décidé très vite. Voulaient-ils lui parler de ses travaux ?

Mais ce qui l'inquiétait encore plus était la venue d'Alain Climont. Il était dans l'incompréhension totale. À sa connaissance, ce dernier n'était pas proche de ses voisins. Il ne les avait jamais vus discuter ensemble. Le voir le mettait très mal à l'aise. Ce dîner avait-il un lien avec Laurence ? Laurence croyait Alain Climont en déplacement ce soir. Comment était-il possible qu'il soit là finalement ? S'il avait changé ses plans, pourquoi Laurence ne l'avait-elle pas prévenu ? Avait-il sciemment menti à sa compagne ?

Il prétexta une envie pressante pour se rendre aux toilettes et tenter d'appeler Laurence pour la prévenir. Mais son portable ne captait pas. Impossible de la joindre.

L'heure avançait. Voyant que les voisins n'arrivaient pas, Gilles proposa de manger. Ils mangèrent leur entrée, puis leur plat principal, en discutant sans entrain des vacances, de leur travail, avant d'aborder *Le* sujet du moment : ses travaux de piscine.

— Alors Daniel m'a dit que tu allais installer une piscine dans ton jardin ? Je ne pensais pas qu'on en avait le droit.

— La piscine ne sera pas très grande et va être semi-enterrée. J'ai demandé les autorisations nécessaires. Cela semblait poser un problème à Daniel que j'en installe une. Pourquoi d'après toi ?

Gilles se troubla. Son regard devint fuyant. Il transpirait de plus en plus. Bernard eut la conviction qu'il avait la réponse, mais qu'il ne voulait pas la lui donner.

— Je ne sais pas quoi te dire. Il t'en dira peut-être plus tout à l'heure.

Bernard s'énerva. Qu'est-ce qu'ils avaient tous avec cette piscine ? C'était quoi leur problème ? Il avait du mal à croire que ce dîner avait pour but de lui faire arrêter ses travaux, mais cette possibilité augmentait chaque minute. Il se braqua.

— Je ne comprends pas votre attitude à tous les deux. J'ai le droit de mettre une piscine, cela fait des années que j'en rêve. En quoi cela peut-il vous déranger ? Les travaux ne dureront pas longtemps. Il y aura juste un peu de bruit en journée. Qu'est-ce qui…

Le serveur s'approcha alors pour proposer un dessert. Cela permit à Bernard de se reprendre. Il s'arrêta net de parler, prit une inspiration et réussit même à regarder le serveur, un jeune homme souriant d'un bon mètre quatre-vingt-dix d'environ 25 ans, pour rien dans son état d'exaspération grandissant.

— Non, je vous remercie. Pouvez-vous nous amener la note s'il vous plaît ?

Il eut une suée. Il se sentait bizarre, comme s'il flottait. Cela lui rappela le temps où il fumait des joints. Peut-être couvait-il quelque chose ? Il proposa de payer la note afin d'accélérer leur retour. Il devait absolument prévenir Laurence qu'Alain Climont était là et pas en voyage. Gilles passa un appel. Bernard fut surpris de constater que son réseau captait. Ne voulant pas traîner, il ne lui demanda pas le nom de son fournisseur. Dès qu'il eut raccroché, Gilles lui expliqua que, finalement, les deux hommes les attendraient rue des peupliers. Ils repartirent peu de temps après. L'ambiance dans la voiture était glaciale.

Ensuite, c'était le trou noir. Bernard avait beau réfléchir, impossible de se souvenir de ce qui s'était passé dans la voiture. Il avait dû être drogué ou ils avaient eu un accident. La plaie sur sa tête pouvait faire penser à la deuxième option. Mais dans ce cas, pourquoi se retrouvait-il ici ? Était-ce son voisin qui l'avait kidnappé ? Qui étaient ses complices ? Les deux autres voisins qui devaient les rejoindre ?

Il était complètement perdu.

14

Alain ne pouvait donc pas en rester là. Le problème devait être traité de manière urgente. Le contenu du disque dur devait disparaître. La petite peste mettait tout le temps l'alarme lorsqu'elle sortait. Pas facile de rentrer chez elle. De plus, il n'avait pas les compétences pour le consulter ou rendre inopérant un disque externe discrètement. Il ne savait même pas comment cela marchait. Il se disait que s'il tapait sur le matériel à coup de masse, cela ferait bien l'affaire. Il pouvait aussi le voler. Il hésitait. Mais, dans tous les cas, comment pénétrer chez elle ?

Il devait l'attirer en dehors de chez elle. Elle ne mettrait pas l'alarme pour aller chez un voisin. Il allait demander à Gilles de lui donner un coup de main.

15

Je cachais ma surprise en voyant Gilles devant ma porte. Cela faisait à peine dix minutes que j'étais revenue de mon entrevue mouvementée avec Christophe Leroy.

Je discutais régulièrement avec mon voisin du 10 et sa femme, Estelle. Le couple habitait en face de chez moi, nous nous croisions donc souvent, mais je ne me rappelais pas qu'il soit venu me voir à l'improviste. Je tombai des nues quand il me demanda de l'aide pour son jardin. Je ne me connaissais pas de dons particuliers pour le jardinage.

— Je me pose des questions avec la disposition des plantes de mon jardin. Je me suis dit que c'était avec toi que je devais en parler, car tu possèdes un jardin splendide.

— C'est gentil, mais c'est mon jardinier qu'il faut féliciter. Pas moi. Je n'y connais pas grand-chose.

— Tu es bien modeste, Emma. Je suis sûr que tu seras de bon conseil. Un avis féminin est si important.

Gilles prit un air charmeur. Il savait jouer les jolis cœurs. Je me demandai, un peu interloquée, s'il me draguait. Je devais le remettre dans le droit chemin.

— Et qu'en pense Estelle ?

— Ma femme est absente. Elle est toujours débordée avec son travail d'expert-comptable, surtout à cette époque de l'année, avec les clôtures annuelles. Elle rentre tard le soir et n'a pas le temps de s'occuper du jardin. J'ai bien plus de congés qu'elle et je souhaite prendre les choses en main. Je sais que tu es souvent là la journée et quand je t'ai vue rentrer tout à l'heure, j'ai profité de l'occasion.

Il prit alors un air de chien battu.

— J'ai peut-être mal fait ?

Je me mis à rire.

— Non, non. Je vais jeter un coup d'œil. Je ne reste pas longtemps, car je dois rendre un rapport pour mon travail et je veux le finir aujourd'hui. Je suis en retard.

Gilles me sourit une fois de plus en promettant que ce serait rapide.

Je pris mon portable et le suivis.

16

La petite peste avait disparu chez le voisin depuis quelques secondes lorsqu'Alain s'engouffra chez elle. Tout se déroulait comme sur des roulettes. Il savait exactement où était rangé le matériel. Sans hésiter, il alla directement dans le bureau de la petite peste. Il ne chercha pas longtemps. Elle l'avait caché dans le bas du buffet de style industriel qui lui servait de meuble de bureau. Des classeurs le cachaient.

La taille de l'objet le surprit. Il n'avait pas réalisé que c'était si gros. Cela devait peser un peu moins de cinq kilos, le détruire lui prendrait trop de temps. Il décida de le voler. Il sortit l'objet de l'armoire, remit les classeurs en place et referma délicatement la porte du meuble.

17

Gilles me montra son jardin. Je cachai difficilement mon envie de sourire. De toute évidence, l'art du jardinage n'était pas la tasse de thé du couple. Mon regard balaya les lieux. Il se posa tout d'abord sur un gazon famélique parsemé de petites zones de terre, puis sur un rosier qui mourait contre la clôture avant de terminer sur un arbre qui n'avait pas été taillé depuis des années – peut-être même jamais – qui survivait difficilement au fond du terrain. Pour couronner ce tableau, quelques jardinières vides étaient disposées le long de la maison. Des grillages rouillés entouraient sa parcelle et rien ne les cachait. Enfin, une petite plate-bande de primevères – une plante qui résiste à tout – subsistait difficilement à l'ombre.

Gilles prit un air victorieux :

— Tu vois, je ne t'ai pas menti. Tout est à faire.

— Oui, mais là, le chantier me dépasse. Veux-tu que je demande à mon jardinier s'il est disponible ?

— Oui, merci. Mais je veux déjà déterminer avec toi ce que je vais lui demander.

Je persistai :

— Je peux aussi te conseiller un paysagiste. Il y en a un très bien à deux rues d'ici.

— Très bonne idée. C'est gentil, mais c'est ton avis qui m'intéresse.

Gilles prit un air particulièrement inspiré avant de m'annoncer :

— Je vais faire une surprise à Estelle. Lui montrer que j'investis du temps dans la maison. Elle se plaint tout le temps que le jardin n'est pas beau. C'est une bonne idée, non ? Je compte sur toi pour garder le secret.

Le temps passait, je devais accélérer un peu les choses, surtout lorsque je l'entendis me dire :

— Tu veux prendre un café ? Une bière ?

Définitivement, je devais reprendre les choses en main. J'inspirai un grand coup et me lançai même si j'avais un peu peur qu'il le prenne mal.

— Non. Désolée Gilles, mais je n'ai pas le temps. Bon, j'ai bien réfléchi, pour rendre ton jardin plus avenant, tu as besoin d'une belle terrasse. Je te conseille de prendre du bois et d'aller dans le magasin de bricolage au bout de la rue, ils t'aideront et te feront un devis. Le long de la terrasse, tu mettras tes jardinières dans lesquelles tu auras mis des plantes. Pour trouver les plantes, tu peux aller dans la jardinerie le long des quais de Seine, elle est très bien. Les vendeurs te conseilleront. Je peux te donner les coordonnées d'un élagueur qui taillera ton arbre qui en a bien besoin…

Il m'interrompit :

— Attends ! Tu vas trop vite ! Laisse-moi le temps de tout noter.

Il alla chercher une feuille et nota consciencieusement toutes mes instructions. Quelque chose clochait. Mon cerveau m'envoyait des signaux d'alerte. Je n'avais rien à faire là. Il n'aurait pas dû penser à moi. Les conseils que je lui donnais n'étaient en rien originaux, du simple bon sens. Pourquoi faisait-il cela ?

Inconscient de mes états d'âme, il continua :

— Quelles sont les coordonnées de ton élagueur ?

Quelques minutes plus tard, j'arrivai à fuir les lieux. En revenant chez moi, je vis, de loin, Alain Climont qui rentrait chez lui. Il portait un sac un peu encombrant. Je le saluai froidement. Il ne prit pas la peine de me répondre. Une fois chez moi, je m'enfermai à double tour. Je m'installai devant mon ordinateur jusqu'au milieu de la nuit afin de terminer comme prévu mon rapport.

18

Après une nuit agitée, sur les conseils d'Éric, j'avais acheté un téléphone prépayé. Je me rendis avec dans la forêt de la Malmaison, un endroit magnifique et tranquille situé à quelques kilomètres de chez moi. Installée sur un banc, au bord de l'étang de Saint Cucufa, j'appelai Laurence à Dublin. Elle me semblait plus détendue. Je la laissai me raconter ses vacances. Elle ne comptait pas rentrer de si tôt et cela m'allait parfaitement.

— Laurence, je suis contente que tout aille bien pour toi. Est-ce qu'Alain a essayé de te joindre ?

— Oui. Chaque fois, j'ai fait comme si tout était normal. Il ne semble pas se douter de quoique ce soit. Je fais attention de ne pas utiliser mon téléphone personnel sauf avec lui et quelques amies. Tout va bien.

— Je vais devoir aller parler à la police.

Je sentis Laurence se tendre.

— Pourquoi ?

— Parce que Bernard m'avait laissé des papiers et, en particulier, une lettre où il explique qu'il se sentait également sous surveillance et que s'il disparaissait, ce ne serait pas un hasard.

— Quand te l'a-t-il donnée ?

— Il y a quelques semaines.

Je lui lus la lettre. Laurence s'effondra en larmes. J'étais de tout cœur avec elle.

— Il me demande d'aller voir la police. Je dois respecter son souhait, Laurence. Je vais demander à la police de ne pas parler de ta liaison avec lui.

— Si Alain l'apprend, cela va être terrible…

— Tu ne crois pas qu'il le sait déjà ? Cela va juste officialiser un non-dit.

— Oui, mais cela fait toute la différence. Tu ne penses pas ?

— Je suis d'accord avec toi, mais tu veux qu'on retrouve Bernard, non ?

Elle ne put qu'acquiescer.

Un peu en avance, Éric m'attendait devant chez moi. Je lui avais donné rendez-vous pour qu'il m'accompagne au commissariat de police. Tout comme moi, il estimait que nous possédions suffisamment d'éléments probants pour qu'une enquête sérieuse soit ouverte sur la disparition de Bernard.

Éric partit chercher le NAS pour que nous l'amenions avec nous pendant que je me préparais.

Quelques secondes plus tard, je l'entendis pousser un juron – chose inhabituelle chez lui – puis il me dit d'un air détaché :

— J'ai bien réfléchi. Nous avons besoin de nous détendre.

Je me suis relevée d'un coup. C'était le code. Nous avions convenu d'avoir des messages codés lorsque nous remarquions quelque chose d'anormal dans la maison, car nous avions peur qu'Alain Climont puisse nous entendre par un moyen ou un autre. Il y avait deux codes. Là, c'était le code orange. Quelque chose était arrivé, mais nous n'étions pas en danger. Il aurait dit que nous avions besoin de prendre l'air, j'aurais dû quitter la maison en courant et appeler à l'aide. Je lui répondis d'un ton joyeux.

— Tu as bien raison. Nous pourrions aller au restaurant si tu veux. Cela fait longtemps.

— Très bonne idée.

Nous avons quitté la maison main dans la main après avoir branché l'alarme et baissé les stores. Nous sommes allés déjeuner dans un restaurant italien du quartier de Buzenval à Rueil-Malmaison. Le *Panacotta* était l'une de mes adresses préférées. L'accueil était convivial et le chef proposait une nourriture italienne délicieuse. Jean-Pierre, le patron, ou l'un des serveurs, Aldo ou Antonio, avait toujours une plaisanterie ou un mot gentil. Nous avons commandé des spaghettis aux pepperoncini pour Éric et des coquilles Saint-Jacques pour moi. Nous avons ensuite éteint nos téléphones.

Et, c'est seulement à ce moment-là qu'Éric m'a expliqué :

— Le NAS a disparu !

— Comment ça ?

J'ouvris la bouche pour parler, mais je ne trouvais pas les mots. Éric me parla très lentement.

— Qui est venu chez toi dernièrement ?

— Mais personne à part toi. Quand je ne suis pas là, je mets l'alarme tout le temps.

— Quand as-tu ouvert ton meuble pour la dernière fois ?

— Je ne sais pas exactement. Je n'ai pas dû l'ouvrir depuis qu'on y a caché le NAS.

Je me moquais de ces détails. Je n'avais pas le calme de mon ami. J'étais inquiète, car une personne était rentrée chez moi alors que je mettais mon alarme tout le temps. Je frôlais la paranoïa, surtout en ce moment. Je la branchais le jour dès que je partais de chez moi et la nuit quand je dormais. Je fermais tout à double tour, descendais les stores. Je me notais d'acheter des caméras pour voir toutes les personnes qui franchiraient mon portail.

En attendant, je cherchais des explications rationnelles :

— Je n'ai donné de double de ma clé qu'à toi et, toi seul connais le code de l'alarme et du portail. Comment est-ce possible ?

Puis d'un seul coup, je sus.

— On est venu chez moi quand je suis allée chez Gilles Filgade. C'est le seul moment où je suis partie sans mettre l'alarme.

— Gilles Filgade ?

— Le voisin du 10.

Je lui expliquai ma rencontre surréaliste de la veille avec mon voisin, mais aussi que pour traverser la rue cinq minutes, je n'avais pas mis mon alarme, ni verrouillé ma porte et fermé le portail. Éric eut la délicatesse de ne pas me faire de remarque désagréable sur cette erreur d'appréciation. Il enchaîna l'air de rien :

— Et tu n'as rien remarqué de bizarre en revenant chez toi ?

— Non, je devais terminer ce compte-rendu de chantier et j'étais en retard. Je m'étais engagée à donner mon premier jet aujourd'hui. Je me suis mise dessus tout de suite à mon retour jusqu'au milieu de la nuit et je n'ai pas remarqué quoique ce soit.

Éric réfléchissait à haute voix.

— La personne qui l'a volé avait une information incomplète. Il a pris le risque de venir dérober le matériel. Il ne savait pas que j'avais effectué plusieurs sauvegardes de son contenu. Nous avons toujours les données. Ce vol ne nous empêchera pas de continuer notre enquête. Il saura juste quel niveau d'information avait Bernard. Continuons à chercher dans les fichiers. Ils doivent contenir des choses très compromettantes pour qu'il ait voulu les récupérer malgré les risques. Je vais faire une nouvelle copie pour la police.

— Je vais vérifier pendant ce temps-là que rien d'autre n'a été dérobé.

Je passai chaque pièce à la loupe. Mais rien ne semblait avoir disparu. On était venu pour prendre quelque chose de bien précis et on savait exactement où elle se trouvait.

Je me remémorai précisément ce qui s'était passé la veille lorsque Gilles était venu me chercher. De toute évidence, il était de mèche, l'avait-on payé pour m'occuper le temps du vol ? Ou était-il complice ? De quoi était-il au courant ? Me surveillait-on ? Et dès que l'occasion s'était présentée, le voleur avait surgi ? Cela me rappela un vol dans la maison de mes parents lorsque, adolescente, j'étais allée chercher le pain à cinq minutes de là. Les voleurs n'avaient pas eu besoin de beaucoup de temps pour prendre ce qu'ils voulaient et repartir.

Avec le recul, je ne pouvais que reconnaître que je m'étais fait manipuler comme une débutante. Cela m'agaça beaucoup. Le numéro de charme de Gilles avait parfaitement fonctionné. J'aurais dû tiquer et me poser *la* question : quand était-il venu voir mon jardin dont il vantait la beauté ? Mon jardin ne se voyait pas de l'extérieur. Il était derrière ma maison. Au lieu de m'interroger, j'avais été ravie qu'il l'ait remarqué. Mais si j'avais eu tous mes esprits, je me serais posé immédiatement *la* question et la réponse aurait fusé : *jamais !* Il n'était jamais venu chez moi. Comment pouvait-il me dire cela ? Comment réagir ? J'étais persuadée qu'Alain Climont avait fait le coup grâce à son aide.

Éric me regarda droit dans les yeux.

— Cette personne est aux abois. Les gens aux abois sont dangereux. Tu dois être très méfiante.

Je ne réagis pas. Je n'allais tout de même pas prendre des gardes du corps. Je commençais à me dire que finalement cette idée n'était pas si mauvaise lorsqu'Éric ajouta :

— Tu peux venir chez moi, si tu veux.

Je lui souris.

— C'est très gentil. Mais cela va te désorganiser et surtout déstabiliser Noémie, tu ne crois pas.

— Tu sais, Noémie te connaît bien maintenant et, plus important, elle t'apprécie. Elle sait que tu es mon amoureuse. Elle m'a déjà demandé pourquoi nous ne vivions pas ensemble. Après tout, sa mère a refait sa vie avec quelqu'un.

Que répondre à cela ? J'avais envie de vivre avec lui. Mais en même temps, cette proposition me semblait si soudaine. Étais-je prête à vivre son quotidien avec sa fille ? À laver son linge ? À me mettre en couple ? Éric devait deviner mes réticences, car il me caressa le visage doucement et me dit :

— Ce n'est que le temps que toute cette affaire soit résolue. Tu viens juste avec des affaires pour une semaine ou deux. Si ensuite, tout se passe bien, nous pourrions alors envisager de nous installer ensemble et dans ce cas, nous pourrions ne conserver qu'un seul logement. Qu'en penses-tu ?

J'étais un peu désorientée. Mais sa proposition était alléchante. Je me laissais tenter me disant qu'après tout, je ne risquais pas grand-chose. Très émue, je lui répondis :

— D'accord. Mais tu en discutes avant avec ta fille. Tu la préviens de ma venue et tu t'assures que pour elle, ce n'est pas un problème.

Pour la première fois depuis mon installation à Suresnes, je ne me sentais plus en sécurité chez moi. Les choses avaient changé. On savait maintenant que j'enquêtais sur la disparition de Bernard. Si on avait pu le faire disparaître, cela ne serait pas difficile d'en faire autant avec moi si je devenais gênante.

Partir vivre quelque temps chez Éric était vraiment la bonne solution.

19

Le lendemain, je me rendis avec Éric au commissariat de police de Suresnes avec une copie des fichiers et le message de Bernard. Nous étions persuadés d'avoir suffisamment d'éléments pour les faire réagir. Nous avons attendu un bon moment, mais ce ne fut pas en vain. J'ai eu l'impression que nous avons été entendus. Une femme officier de police judiciaire d'une trentaine d'années, Dorothée Leblanc, nous a reçus. Elle m'écouta avec attention sans beaucoup m'interrompre, puis me posa quelques questions. Je lui ai raconté tout depuis le début. J'ai insisté sur le fait que Bernard Morin était connu et qu'il postulait pour un prix prestigieux dans le cadre de ses recherches en astronomie espérant qu'elle accorderait peut-être plus d'attention à son dossier à cause de sa notoriété. Ce fut peut-être le cas, mais elle ne me le montra pas. Je lui donnai un maximum d'informations, lui parlai de Christophe Leroy, de la page Facebook et du serveur, de la lettre qu'il m'avait laissée, mais aussi de Laurence Renard et son drôle de compagnon. Je lui fis part également de mes craintes au sujet d'Alain Climont qui avait hérité de ses deux premières femmes, l'une morte et l'autre disparue. J'insistai sur le fait qu'il avait beaucoup à perdre si Laurence partait avec Bernard ce qui aurait pu le pousser à éliminer ce dernier.

— Si le procureur est d'accord, je jetterai un coup d'œil sur le dossier d'Alain Climont, promit mon interlocutrice. Ce que vous me dites concernant le profil de Laurence Renard, très proche de celui de ses deux autres femmes, est en effet troublant.

— Laurence Renard est au courant de ma démarche, mais elle souhaiterait que vous restiez le plus discret possible sur sa liaison avec Bernard Morin. Pensez-vous que ce soit possible ?

Mon interlocutrice m'expliqua qu'elle prenait mes propos au sérieux et que, dans un premier temps en tout cas, ils garderaient l'information confidentielle. Je fus soulagée.

Nous lui avons ensuite parlé de la disparition du NAS.

— Le voleur est venu le subtiliser pendant que j'étais chez un voisin. Je souhaiterais porter plainte pour vol.

— Vous croyez que c'est Alain Climont qui vous l'a volé ?

— Oui, mais je n'ai aucune preuve. Je l'ai juste croisé en revenant chez moi. Il arrivait devant son portail. Il portait quelque chose dans un sac qui aurait très bien pu être un NAS.

L'inspectrice regarda sa montre. Elle avait *a priori* des choses à faire plus urgentes.

— Je vais demander à un collègue de prendre votre plainte. Nous regarderons les fichiers dès que nous le pourrons.

— Voulez-vous conserver la lettre qu'il m'a écrite ?

Cela ne me dérangeait pas de la lui donner, car j'en avais fait une copie. Elle la prit également et la classa dans une pochette.

Je voulus comprendre ce qui allait se passer ensuite.

— Je vais appeler le procureur de la République pour obtenir l'autorisation d'ouvrir une enquête préliminaire pour disparition inquiétante. Si nous l'avons, nous ferons une enquête de voisinage, chez son employeur ainsi qu'auprès de toute personne pouvant nous aider comme son fils ou le serveur de la *Mare aux Canards*. Si le procureur estime que nos éléments sont probants, on basculera en commission rogatoire avec un juge d'instruction. Savez-vous s'il a pris son téléphone portable avec lui ?

— Son téléphone est resté chez lui malheureusement. Je ne savais pas que je devais vous l'amener.

— S'il ne l'a pas avec lui, il ne nous est pas utile, enfin pour le moment. Sinon, nous aurions pu essayer de le géolocaliser.

— Combien de temps votre enquête préliminaire va-t-elle prendre ?

Dorothée Leblanc ne devait pas en avoir la moindre idée, car elle ne me répondit pas directement.

— Nous vous tiendrons au courant. Nous avons plusieurs dossiers importants à traiter en ce moment.

Après avoir déposé ma plainte, je quittai les lieux, contente d'avoir fait quelque chose de nécessaire, mais pas totalement convaincue que cela donnerait des résultats. Un mélange de soulagement et de frustration m'envahit. À aucun moment, la policière ne m'avait donné l'impression de saisir l'urgence de la situation. J'imagine que c'était une attitude pour que les gens ne paniquent pas, mais cela me stressait.

20

Alain était inquiet, il ne pouvait le nier. Il avait cru cette sale affaire définitivement close et cet imbécile de voisin avait eu l'idée débile de creuser son terrain pour y installer une piscine. Alain devait le reconnaître, il avait eu le tort de ne pas avoir imaginé qu'il devrait faire face à un tel problème. Cela faisait tellement longtemps que tout cela avait eu lieu que, pour lui, tout danger était écarté.

De même, sa voisine commençait à l'énerver avec toutes ses questions, ses appels à témoins. Il avait même su qu'elle était allée voir les flics. Il n'aimait pas ça du tout. Elle ne pouvait pas se mêler de ses affaires, celle-là ! Heureusement que Laurence était partie en vadrouille en Irlande, elle ne subirait pas les influences nocives de cette rue. La disparition de Morin avait fait plus de bruit que prévu. Mais ils n'avaient pas eu le choix, ils avaient dû le neutraliser avant qu'il ne voie la petite peste le lendemain, car elle aurait immédiatement saisi de quoi il en retournait.

Il était aussi très agacé. Il avait toujours maîtrisé au mieux la situation et là, il sentait le vent du boulet. Il avait beau reprendre tous les évènements, il ne comprenait pas où il avait fait une erreur. Comment aurait-il pu anticiper que des années après, un propriétaire ait envie de construire une piscine semi-enterrée sur les lieux ? Une piscine à Paris, c'était tellement rare ! Et comment prévoir qu'une femme trop curieuse et spécialiste des squelettes s'installerait à côté de la maison ?

Comme il le faisait plusieurs fois par jour depuis que cette affaire était redevenue d'actualité, il se rappela le déroulement des évènements.

Après une enfance avec un père militaire, souvent absent, particulièrement rigide, exigeant et brutal et une mère beaucoup trop maternante, Alain fit péniblement des études de pharmacien pour les arrêter en dernière année sans avoir réussi à obtenir son diplôme. Ses parents le considéraient comme un raté. À 25 ans, il rencontra Pauline Desport, 19 ans, la femme avec qui il vivait toujours. Jamais mariés, ils eurent sur le tard deux enfants, Thibault et Charline. Alain n'avait pas envie de s'encombrer avec de la progéniture, mais Pauline insista suffisamment pour qu'il se range à cette idée. Une fois les enfants là, ils les avaient aimés. Pour sa famille, il était représentant de commerce et devait beaucoup voyager pour aller dans des salons, ce qui expliquait ses absences plusieurs jours par semaine y compris les week-ends. Du coup, il ne gérait pas les enfants et n'en voyait que les bons côtés.

Il donnait donc l'impression à tout le monde de bien gagner sa vie. Dans les faits, au départ, il avait accumulé les petits emplois. Il n'arrivait pas à conserver un travail. Il dut commencer à mentir, monter quelques petites escroqueries et s'endetter, car il avait constamment besoin d'argent. Il voulait prendre sa revanche vis-à-vis de ses parents et leur montrer qu'il pouvait réussir.

Sa vie changea le jour où il découvrit Landru[1]. Ses lectures lui apprirent que Landru était un tueur en série célèbre, un homme qui tuait des femmes pour récupérer leurs biens. Il trouva le personnage fascinant et inspirant.

---

[1] Henri Désiré Landru (1869-1922), célèbre tueur en série et criminel français surnommé *le Barbe Bleue de Gambais* qui a tué dix femmes pour récupérer leur argent. Le cas de Landru est traité dans *Les Grandes Affaires Criminelles des Yvelines* de Nathalie Michau, Éditions de Borée.

Pour lui, ce fut une révélation, la solution à tous ses problèmes.

Il mit en pratique les techniques de Landru. À 31 ans, il prit ainsi l'identité d'Alain Climont s'inventant toujours des emplois qui nécessitaient de nombreux déplacements.

Il créa un mode opératoire très proche de celui du tueur en série, même s'il l'avait adapté à son temps. Il surfait sur Internet ; lisait la presse qui parlait des jeunes veuves ou divorcées fortunées et les chroniques mortuaires sur les hommes d'affaires ; s'inscrivit sur un site de rencontre pour gens riches ; suivait l'équitation, le golf…

Son plan était simple. Sa victime identifiée, il devrait trouver ses points d'intérêt, se documenter et approcher sa proie. Une fois marié, il s'en débarrasserait et pourrait profiter de sa fortune. Grâce à cela, il pourrait conserver un niveau de vie élevé, mais il devrait aussi séduire régulièrement de nouvelles proies.

21

Ce n'était pas parce que j'avais prévenu la police que j'allais arrêter de chercher des indices pour retrouver Bernard. Je l'avais d'ailleurs dit à l'inspectrice. Je ne savais pas combien de temps ils allaient mettre à réagir et chaque jour comptait. Que je continue mon enquête n'avait pas paru la déranger. Elle m'avait même donné son numéro et demandé de l'appeler si j'apprenais quelque chose de nouveau. Elle m'avait promis de son côté de me tenir informée de l'avancée du dossier.

Il me restait encore plusieurs pistes à explorer. Je relus le carnet de Bernard et le feuilletai. Mon voisin m'avait déjà parlé de certains de ses collègues et il en appréciait un tout particulièrement, en qui il avait toute confiance. Il ne travaillait pas sur le même projet que lui, ce qui me garantissait qu'il ne pouvait pas être un concurrent pour l'obtention de crédits ou de prix. Jean-Paul Cartino était spécialisé dans l'étude des astéroïdes. Ils s'étaient connus à Paris pendant leurs doctorats. Je retrouvais ses coordonnées sans difficulté.

Je ne perdis pas de temps à lui envoyer un courriel et l'appelai directement sur son portable. À mon grand soulagement, il décrocha tout de suite.

— Bonjour M. Cartino. Je me permets de vous déranger, car je suis la voisine de Bernard Morin.

— Oui…

— Je m'appelle Emma Latour et je recherche Bernard.

— En effet, c'est très inquiétant. J'ai bien vu votre appel sur Facebook, mais je ne vois pas comment je peux vous aider.

— Une des pistes que je suis concernerait ses recherches sur le Soleil.

Jean-Paul Cartino prit un moment pour répondre. Réfléchissait-il ou était-il trop surpris par ma question pour savoir quoi me dire ? Néanmoins, j'attendis.

— Mme Latour, je peux vous confirmer que la compétition entre chercheurs est rude pour avoir plus de moyens pour leurs travaux. Mais, il me semble exagéré d'envisager qu'on pourrait faire disparaître un chercheur pour qu'il ne puisse pas finaliser ses recherches ou avoir un prix.

— Bernard, avait-il des ennemis ?

— Non, pas à ma connaissance. Il existait des inimitiés entre lui et plusieurs de ses collègues qui s'attribuaient la paternité de certaines de ses recherches, mais je le répète, je ne crois pas que cela aurait pu conduire à de telles extrémités.

Jean-Paul Cartino me fournit quelques renseignements complémentaires.

— Bernard travaille actuellement sur un projet visant à prévenir les orages électromagnétiques causés par des tempêtes solaires.

— Comment est-il possible que la paternité des résultats ne soit pas toujours clairement établie ?

— Plusieurs laboratoires collaborent et partagent des informations, ce qui peut parfois générer des problèmes.

Sans hésitation, il me donna le nom et le portable du scientifique, Mathieu Bricart, à l'origine de ces revendications. Il me demanda de ne pas dire que j'avais obtenu ses coordonnées grâce à lui.

— Je me méfie de cet homme, un carriériste, prêt à écraser les autres pour obtenir plus de pouvoir. Je ne l'apprécie pas et j'avais dit à Bernard de se méfier de lui. Cependant, même si je ne l'aime pas, je ne le sens pas capable pour autant de kidnapper quelqu'un.

— D'accord. En même temps, je ne suis pas certaine qu'il existe un profil type du kidnappeur.

Jean-Paul m'écouta à peine et poursuivit :

— Je suis très inquiet pour Bernard. Je le considère comme un ami. Si je peux vous aider, je reste à votre entière disposition.

— Si vous voulez m'aider, pourriez-vous m'expliquer avec des mots très simples en quoi consistent plus précisément ses recherches ?

— Oui. En résumant, Bernard collabore avec d'autres astronomes sur les éruptions solaires et les éjections de masse coronale qu'on appelle EMC qui provoquent des tempêtes solaires monstrueuses. Ils veulent comprendre à quoi elles sont dues, comment elles se produisent et quels sont leurs effets, mais surtout les prévoir le plus tôt possible. Ces éruptions solaires ou EMC peuvent être dévastatrices pour le matériel électronique, les réseaux électriques, les antennes téléphoniques, les GPS ou encore les satellites, les avions, les navettes ou l'ISS – la station internationale. Entre le moment où une éruption ou un EMC se produit, il n'y a qu'un peu plus de deux jours qui s'écoulent. C'est peu pour tout mettre à l'abri. Plus les délais de prévision augmenteront et mieux nous pourrons nous protéger. C'est tout l'enjeu de ses travaux.

— Très bien. Il est donc affilié à un laboratoire qui étudie cela ?

— Oui, celui du LERIA à Meudon.

— Et ce laboratoire est en lice pour obtenir le prix Crafoord ?

— Non. Pas exactement. Ce prix est attribué à une personne, pas à un laboratoire.

— Donc si plusieurs laboratoires travaillent sur le même sujet que Bernard, potentiellement, les directeurs de recherche sont concurrents ?

— Oui, en effet. Maintenant, la recherche avance en coordination et est mutualisée. Il est difficile d'en faire dans son coin. En astronomie, on a besoin d'instruments au sol, mais aussi de sondes ou de satellites complémentaires dans leur utilisation. Je ne dis pas que c'est un monde merveilleux, mais ce n'est pas une bataille pouvant mener au meurtre.

Je commençai à me dire que j'étais sur une fausse piste.

— Les données de Bernard sont-elles conservées sur site ?

— Oui, toutes les données restent sur site sauf lors de nos déplacements professionnels où nous emportons nos portables.

— Je vous pose la question, car l'ordinateur présent à son domicile a disparu et surtout les données qu'il contenait ont été effacées.

Jean-Paul insista une nouvelle fois :

— C'est la preuve que Bernard n'a pas disparu pour le travail. Il n'avait pas de données professionnelles chez lui. Tous les chercheurs respectent cette règle. C'est obligatoire pour des raisons évidentes de sécurité. Pourquoi pensez-vous que ses travaux sont en cause ?

— Je ne pense rien. Bernard m'a laissé un mot pour me dire qu'il se sentait espionné. Il a cité le travail, et en particulier, le prix auquel il postulait, comme l'une des causes possibles de ses ennuis, c'est pour cela que je creuse cette piste.

— Ce sont les astronomes du monde entier qui proposent des candidats à l'Académie Royale de Suède. Donc un nominé au prix doit avoir beaucoup publié et être reconnu par ses pairs. Je ne vois pas pourquoi on lui en voudrait pour cela.

Je remerciai le collègue de Bernard pour le temps qu'il m'avait consacré et, frustrée, je raccrochai.

J'étais d'accord avec Jean-Paul Cartino, il y avait peu de chances que la disparition de Bernard soit liée à son activité professionnelle. À quoi cela aurait-il servi de le surveiller chez lui s'il ne pouvait pas entreposer d'informations à son domicile ?

Je notais tout de même sur mon calepin d'appeler Mathieu Bricart. Je ne devais négliger aucune piste.

22

Ses conditions de détention s'amélioraient. Bernard avait demandé de la lumière, il en avait eu. Ils l'allumaient et l'éteignaient de l'extérieur de la pièce. Ils lui avaient également donné un coussin, des livres et des magazines, de quoi écrire. Ils n'entraient dans la pièce que lorsqu'il dormait. Ils le droguaient en mettant quelque chose dans sa nourriture ou sa boisson. Ils faisaient en sorte de ne jamais se trouver en contact direct avec lui. Si cela devait arriver, Bernard savait qu'il prenait le risque de se faire tuer.

Il ne se rappelait pas exactement quand il avait perdu conscience. Il envisageait de pouvoir être victime d'une amnésie des évènements s'étant produits juste avant qu'on l'ait agressé et qu'il ait perdu connaissance – ce qui expliquerait la blessure à la tête – ou bien qu'on l'ait drogué.

Une question l'obsédait : pourquoi était-il ici ?

Il lista les personnes qui pouvaient lui en vouloir.

La piste la plus évidente semblait être celle des voisins. S'il pouvait comprendre qu'Alain Climont puisse le haïr, il ne voyait pas ce que les deux autres voisins avaient à voir là-dedans. Pourquoi se seraient-ils associés à lui ? Quel était leur intérêt ?

Il envisagea d'autres pistes. Des collègues mal intentionnés auraient pu avoir envie de le mettre à l'écart le temps que le prix Crafoord soit attribué. Il serait éliminé s'il était porté disparu. Dans ce cas, il avait deux mois à tenir. Ils ne le libéreraient qu'après la remise de prix. Il ne croyait pas qu'un ou plusieurs de ses collègues soient capables de faire une telle chose.

Il pensa ensuite à son fils. Il se souvint de sa déception lorsqu'il avait refusé de participer à son projet. Christophe avait eu des mots durs et amers.

— Tu es d'un égoïsme incroyable. Tu ne t'es jamais occupé de moi. Tu n'as jamais pris de mes nouvelles. Tu n'as pas donné un centime pour mon éducation. Là, je te demande d'investir dans mon association qui va œuvrer pour une cause, l'écologie, que tu défends par ailleurs et tu refuses.

— Ton association va avoir de grosses difficultés financières. Tu te positionnes sur une niche qui n'intéresse que peu de monde. Tu me demandes un don, pas un placement.

— Je te demande de m'aider pour une fois…

La discussion s'était ensuite enflammée. Bernard reconnaissait n'éprouver aucun sentiment pour ce fils. Il avait prévenu à l'époque sa mère qu'il ne voulait pas d'enfant, qu'ils étaient bien trop jeunes et qu'il ne s'en occuperait pas. Mais elle n'avait rien voulu savoir. Et voilà que son rejeton réapparaissait des années plus tard pour le taxer. Non, vraiment non ! Pas question de lui donner de l'argent. Christophe avait eu le sentiment d'être rejeté une nouvelle fois. Sa stratégie n'avait pas fonctionné. Il avait voulu toucher une corde sensible, le culpabiliser, mais Bernard ne rentrerait pas dans son petit jeu. La situation aurait peut-être changé s'il avait cherché à le rencontrer pour des raisons de filiation, pour le connaître. Surtout, il avait détesté lorsque Christophe lui avait parlé du brevet pour justifier sa demande, qui du coup, lui semblait presque normale.

Là, non, Christophe demandait plutôt un dédommagement. Son fils aurait-il eu envie de se venger ? De le faire disparaître ?

Au moins deux hommes étaient impliqués dans sa séquestration, peut-être même trois, il n'était pas capable de le dire. Est-ce que Christophe aurait pu motiver d'autres personnes pour arriver à ses fins ?

Il avait beau tourner en rond, il revenait toujours sur Alain Climont et à sa mystérieuse alliance avec ses voisins. Il avait dû réussir à les manipuler.

23

La petite peste l'avait vu dans la rue alors qu'il allait rentrer chez lui. Alain avait caché le disque dur dans un grand sac en plastique qu'il avait trouvé dans le bureau, peut-être le sac qui avait servi à le transporter. Elle l'avait regardé d'un drôle d'air, mais elle n'avait pas pu deviner qu'il sortait de chez elle.

N'étant pas en mesure de consulter les données qu'il contenait vu qu'il n'avait pas les codes d'accès, il devait maintenant faire disparaître au plus vite cet objet de malheur. Il ne le conserverait pas chez lui. Quand se rendrait-elle compte de sa disparition ? Ensuite, comprendrait-elle son rôle et celui de Gilles ? Elle risquait de porter plainte et ensuite la police débarquerait chez lui et tomberait dessus.

Il descendit au sous-sol avec et à l'aide d'une masse trouvée dans ses outils, il s'attela avec beaucoup de soin à le détruire. Il dut bien mettre une vingtaine de coups. Pas sportif, il fatigua vite, mais s'acharner davantage n'aurait pas de sens. L'objet semblait définitivement hors d'usage. Il jeta les débris dans un sac de sport, enfila une tenue de jogging et sortit de la maison avec pour se rendre dans le parking à quelques dizaines mètres de la maison. Une fois qu'il se retrouva à quelques kilomètres de la cité-jardin, il respira mieux. Suivant le chemin qu'il prenait pour aller dans sa *vraie* maison à Aigremont, il conduisit jusqu'à Garches où un gros chantier de construction d'un ensemble d'immeubles était en cours. Il avait aperçu des bennes le long de la route pour récupérer les gravats. Il arriva de nuit, il lui fut facile alors d'y verser le contenu de son sac sans que personne ne le voie.

Alain repartit le cœur léger pour aller dîner avec sa femme et ses deux filles.

24

Le lendemain, j'appelais Mathieu Bricart. Il ne décrocha pas. Je lui laissai un message vocal ainsi qu'un SMS lui proposant de le rencontrer trois jours plus tard. À ma grande surprise, il accepta de me recevoir dans son bureau de l'observatoire de Paris. En attendant de le rencontrer, j'explorai la piste du message énigmatique que Bernard m'avait envoyé le soir de sa disparition.

Sur ses notes, il avait indiqué qu'il devait me parler d'os. Je retournai chez lui pour fouiller dans son bureau afin de rechercher d'éventuelles radios récentes révélatrices de problèmes de santé. Par prudence, afin d'éviter toute mauvaise rencontre, je demandai à Éric de m'accompagner.

À ma connaissance, mon voisin n'avait pas de maladie chronique, mais comme chaque jour je découvrais de nouvelles informations le concernant, cela ne m'aurait pas surprise d'apprendre qu'il avait des problèmes osseux.

Mes fouilles ne donnèrent pas de résultats intéressants. Sa dernière radio datait de six ans pour un problème de cheville, rien qui ne nécessitait mon expertise.

Je me creusais la tête pour découvrir à quelle occasion il aurait pu se trouver face à des os. Je ne voyais pas. Avait-il lu des articles sur un sujet qui l'avait interpellé ? Avait-il mal quelque part ? Avait-il discuté avec quelqu'un de malade ?

Il m'avait envoyé le message en fin de soirée. Qu'avait-il fait juste avant ? Il avait creusé dans son jardin. Aurait-il reçu un message sur ce sujet ? Je pris son téléphone. Il n'avait pas reçu de courriels autres que professionnels deux heures avant. J'allai ensuite sur son moteur de recherche. J'y trouvais une trentaine de pages ouvertes avec des recherches aussi variées que la météorologie, les piscines, les achats de climatiseurs, les voyages de noces aux Maldives, mais plus intéressant, cinq pages concernant les os. Il avait consulté des sites sur les différents os, plus particulièrement les grands, du squelette humain et des grands chiens. Il s'interrogeait sur ce qu'il convenait de faire quand on trouvait un os. Cela me plongea dans une grande perplexité. Où avait-il bien pu voir des os en si peu de temps entre ma visite et le message ?

Il n'avait pas eu le temps de se promener. Où trouvait-on des os ? Dans des chantiers de fouilles. Dans des cimetières. Dans des boucheries. Dans des musées, sur des radios, dans des livres. J'avais beau prendre le problème dans tous les sens, je ne voyais pas ce qui avait pu le perturber au point où il voulait m'en parler au plus vite. Il devait être concerné directement. Il avait dû tomber sur ces os de manière imprévisible. Ne restait que deux possibilités. Soit il était allé marcher en forêt et il était tombé sur un squelette ce qui n'était pas possible soit… Je tournai la tête pour contempler ce qui lui restait de gazon…

Je n'osais pas y croire. Il ne pouvait pas avoir trouvé l'os dans son jardin tout de même. Une telle chose serait tellement improbable. Cependant, il avait commencé à creuser juste après m'avoir vue et avait arrêté juste avant de m'envoyer le message. Il avait donc déplacé de la terre. C'était souvent lors de travaux que les trouvailles archéologiques inopinées se faisaient. Je devais en avoir la certitude. Mon cœur battait à toute vitesse. Je pris une grande inspiration pour me calmer, pour ne rien montrer à celui qui nous espionnait.

Je proposais calmement à Éric de sortir prendre l'air. Une fois dans le jardin, je lui chuchotais ma folle hypothèse à l'oreille.

Nous avons regardé partout à l'endroit où la terre avait été enlevée ou retournée. Rien n'apparut non plus sur la terre amassée sur le côté.

Cependant, plus j'y pensais, plus mon instinct me disait que j'étais sur la bonne piste. Bernard avait trouvé des os dans son jardin et il voulait me les montrer pour que je lui dise s'il s'agissait d'os humains. Le fait que ces os aient disparu prouvait de toute évidence que j'avais raison. Des gens avaient appris ce qu'il avait trouvé et ils avaient fait le ménage. Comment l'avaient-ils su ?

La nuit tombait. Nous n'avons pas insisté parce que nous ne voyions plus grand-chose.

25

Une fois sa décision prise, tout ne se passa pas simplement pour autant. Alain tâtonna pour trouver la bonne manière d'identifier ses proies. N'est pas Landru qui veut. Il arriva à séduire quelques femmes esseulées, mais cela ne dura pas et il ne récupéra pas suffisamment d'argent pour pouvoir assurer un niveau de vie élevé à sa famille. Quatre ans s'écoulèrent avant qu'Alain n'identifie sa première victime, Adeline Dupart. Une communication du club de golf de Feucherolles avait annoncé le décès d'un de ses membres influents, Jérôme Dupart. L'homme, d'une cinquantaine d'années, était un riche entrepreneur qui avait revendu deux ans auparavant son entreprise dans le BTP. Il venait d'être victime d'un malencontreux accident de la route dans la vallée de Chevreuse où il se rendait pour un déjeuner dans le restaurant gastronomique *Le clos de Chevreuse*.

Lorsqu'il apprit la nouvelle, Alain exulta. Il avait ciblé ce club de golf, pas très loin d'Aigremont où il s'était installé avec sa famille, ce qui était pratique, car un public à gros moyen le fréquentait. L'inscription lui avait coûté les yeux de la tête, mais il estimait maintenant que l'investissement en valait la peine. Sa femme et ses enfants ne faisaient qu'occasionnellement du golf dans un autre club et il ne risquait pas de les rencontrer en semaine.

Il y suivait des cours trois fois par semaine. Il ne brillait pas par son niveau, mais il était présent, dans la journée, au club-house où les joueurs aimaient manger un morceau ou boire un verre après un parcours.

C'est d'ailleurs au club-house qu'il sélectionnait ses proies. Il en avait identifié quatre jusqu'à présent. Mais ses deux premières sélections n'avaient pas abouti.

La première femme avait de grands enfants beaucoup trop présents à son goût. Or, le fait que ses victimes n'aient pas de descendance était une condition importante pour la réussite de son projet. Landru[1] avait failli se faire prendre avec sa première victime, Jeanne Cuchet, qui avait un enfant. Il ne ferait pas la même erreur que son modèle. Cette femme était également très méfiante. Un peu plus, elle lui aurait demandé des recommandations.

La deuxième voulait tout faire avec lui. Ses absences, une partie de la semaine, de manière récurrente, ne pourraient pas lui convenir. Il lâcha donc l'affaire.

Il avait mis en suspens son troisième choix, car la femme, célibataire, semblait obnubilée par sa carrière et avait une vie sociale très active, ce qui ne lui convenait pas. Enfin ses moyens financiers n'étaient finalement pas si importants que cela. Il ne s'interdisait pas de la séduire s'il n'arrivait pas à séduire sa quatrième et dernière candidate, Adeline Dupart.

Adeline était souvent seule, installée avec un livre et buvant du thé froid, après le parcours de neuf trous qu'elle effectuait avec son professeur de golf. Elle était veuve depuis un an lorsqu'il s'invita à sa table. La jeune femme avait alors 35 ans. Elle n'était pas très belle, mais il émanait d'elle un certain charme. Elle possédait l'avantage certain de ne pas avoir d'enfants.

Elle se confia à lui sans réserve. L'homme ne payait pas de mine, mais il avait l'air si gentil. Il passait du temps à l'écouter sans jugement et sans chercher à lui donner des conseils. La présence d'Alain lui faisait un bien fou. Elle ne connaissait que peu de choses sur lui, juste qu'il avait un

---

[1] Cf. Les Grandes Affaires Criminelles des Yvelines de Nathalie Michau, Éditions de Borée

peu d'argent, car il avait créé une chaîne de magasins franchisés dans l'alimentation de luxe pour les collectivités ce qui l'obligeait à voyager très souvent. Elle ne chercha pas à en savoir plus.

Elle lui raconta qu'après la mort de son mari, elle se sentait très seule, car elle n'avait pas de famille proche. Elle était manifestement angoissée et insomniaque. Elle venait jouer au golf sur les conseils de son psychiatre qui estimait que le sport était un bon moyen de guérir de sa dépression. Mais, le sport ne pouvait pas tout et Adeline Dupart prenait également des médicaments. Alain sut rapidement que son médecin lui prescrivait du Valium et du Tercian, des tranquillisants, en solution buvable, et que ces médicaments altéraient sa vigilance et son jugement. La jeune veuve était donc très fragile psychologiquement. Tout cela lui convenait fort bien.

Elle représentait une cible parfaite pour lui. Il prit son temps pour la séduire. Il l'emmena faire de longues promenades dans la forêt, l'invita au restaurant à plusieurs reprises et lui offrit des cadeaux. Elle tomba sous son charme au bout de quelques mois et accepta immédiatement de se mettre en couple avec lui.

Un an plus tard, il l'épousa et s'installa à Suresnes, à la cité-jardin, dans la maison que sa nouvelle femme avait achetée des années auparavant avec feu son mari et qu'elle ne voulait quitter sous aucun prétexte. Il veilla à ce qu'elle prenne bien ses médicaments et n'hésita pas à la faire boire pour en augmenter les effets.

Il attendit deux ans patiemment, alternant entre sa compagne à Aigremont et sa nouvelle femme sans qu'aucune des deux ne se rende compte de sa double vie.

Toujours dépressive, Adeline, conciliante, l'entretenait sans se poser trop de questions. Mais, au bout d'un certain temps, cela ne lui suffit plus. Il voulait pouvoir disposer librement de tout son argent, ne plus devoir lui en demander et expliquer à quoi il allait être utilisé. Il devait sans arrêt inventer des mensonges plus gros les uns que les autres, cela ne pouvait plus durer.

Ses connaissances en pharmacie lui furent très utiles pour déterminer le dosage fatal à son épouse.

Un soir, il l'empoisonna en augmentant fortement la dose de médicaments qu'elle prenait au coucher. Il fit croire à un suicide en laissant une lettre sur l'imprimante où elle expliquait qu'elle n'avait plus le courage de vivre, qu'elle n'était qu'un poids pour son mari et qu'elle souhaitait en finir avec la vie.

Il partit en déplacement très tôt le matin de sa mort et il ne revint que deux jours plus tard. Il s'arrangea pour que les voisins soient au courant de son voyage, expliquant à deux d'entre eux qu'il trouvait sa femme particulièrement déprimée.

À son retour, lorsqu'il alerta les secours, il était évidemment trop tard pour la réanimer.

Il y eut une enquête, mais faute de preuve, elle ne dura pas longtemps. Son psychiatre et les voisins attestèrent de l'état psychologiquement instable de la défunte. Cela jasa beaucoup, car cette disparition semblait bizarre aux personnes qui connaissaient Adeline et permettait à Alain de toucher le pactole. Alain joua les veufs éplorés et grâce à l'héritage, vécut à l'aise financièrement pendant plusieurs années.

Le niveau de vie qu'il avait avec sa famille augmenta. Il possédait maintenant une belle maison à Aigremont, avait des charges importantes entre l'école des enfants, le golf, les vacances à l'autre bout du monde dans des hôtels chics…

Il avait réussi.

26

Nous sommes revenus chez moi pour que je prenne quelques affaires. La réponse à ma question était évidente. Le seul moyen de savoir que Bernard avait trouvé des os dans son jardin avait été de l'espionner. Laurence et Bernard n'étaient pas paranoïaques. Ils étaient bien surveillés. Bernard m'avait envoyé un SMS pour me voir. Il avait effectué des recherches à l'aide de son portable et peut-être de son PC sur les squelettes. En piratant son téléphone ou son ordinateur, cette personne avait pu obtenir ces informations.

Je ne voulais pas éteindre son téléphone, ne connaissant pas son code pour le rallumer. Mais pas question de le garder à côté de moi, car je ne savais pas exactement ce que l'on pouvait faire à distance avec un téléphone piraté.

Je le déposai dans ma chambre à l'étage et fermai la porte derrière moi en redescendant. Je retrouvai ensuite Éric dans mon jardin pour lui expliquer mes doutes. Il était dans l'expectative tant la situation était inattendue.

— Pour toi, qui surveille les deux ? La même personne ?

— Le seul lien entre Bernard et Laurence est Alain Climont. Laurence était persuadée qu'il l'espionnait. Il savait des choses qu'il n'aurait jamais dû connaître. Elle éteignait son téléphone régulièrement.

— Je comprends, mais quel est le rapport avec les os ? Qu'Alain veuille tout savoir sur celle qu'il considère comme sa future femme et son amant est une chose, mais je ne vois pas en quoi les os pouvaient l'intéresser.

— Sinon cela signifierait qu'Alain surveillait sa femme et qu'une autre personne surveillait Bernard. Je n'y crois pas.

— Je suis bien d'accord avec toi. Dans ce cas, nous devons trouver le rapport entre Alain Climont et les os.

— Si on veut prouver ce que nous avançons, cela ne va pas être facile. Je sais maintenant pourquoi ils ont tenté d'effacer toutes les données dessus. Si on le retrouve, on ne pourra pas voir qu'il a été piraté. On ne trouvera rien non plus sur le disque dur externe qu'il a laissé chez toi, car seuls les fichiers ont été sauvegardés dessus, pas les programmes ou les recherches sur Internet. En revanche, on devrait pouvoir voir ce qu'il en est sur le téléphone. Tu as son téléphone à côté de toi ?

— Non, dans le doute, j'ai préféré le laisser dans ma chambre à l'étage.

— Tu as bien fait. Quand tu le prendras en repartant, tu le mettras en mode avion, comme cela il ne pourra pas faire quoi que ce soit.

— Comment fait-on pour pirater un téléphone et que peut-on faire une fois que c'est fait ?

— C'est très simple. Tu as plusieurs options. Tu peux aller sur une plateforme d'achats grand public et acheter un logiciel que tu installes dans le téléphone ou l'ordinateur à surveiller. Dans le cas où tu n'aurais pas la possibilité d'accéder à son PC ou à son portable, tu vas sur le dark web…

Je le coupai immédiatement.

— C'est quoi le dark web, pour les non-initiés ?

— C'est une partie d'Internet qui n'est pas référencé dans nos moteurs de recherches classiques. Ses utilisateurs ne peuvent pas être repérés et les accès sont réservés…

Mon ami lisait trop de science-fiction. Il vit mon air incrédule et continua imperturbable :

— Et tu demandes à une société spécialisée d'installer un logiciel de surveillance sur l'ordinateur ou le téléphone visé grâce à son adresse IP.

Voyant, de nouveau, mon air interrogatif, il précisa :

— Tous les PC ont une adresse visible sur Internet, elle s'appelle l'adresse IP.

Je capitulai.

— D'accord. C'est assez technique tout cela, mais je te crois sur parole. Après tout, c'est ton domaine de compétence.

— Si tu fouilles un peu sur Internet, repérer ces sociétés est simple. Ils envoient alors un mail avec un lien sur lequel ta victime clique et cela installe un logiciel malveillant.

— D'accord. Et ensuite ?

— Ensuite ? Tu peux tout faire à distance. Tu peux activer sa caméra et du coup voir et entendre ce qu'elle fait. Tu peux accéder au texte que la personne frappe, tu peux prendre des photos, tu peux faire des copies d'écran, tu peux lire les SMS… et surtout tu peux la géolocaliser.

— Que ce soit pour les PC ou les téléphones ?

— Oui, ce sont les mêmes services pour les deux. Un service après-vente existe si tu as des problèmes.

Plus je l'écoutais, plus je me sentais mal. Je me sentais d'autant plus mal que ce téléphone, que j'avais avec moi depuis plusieurs jours, m'avait également surveillée. Je me sentais violée dans mon intimité. J'avais la conviction d'être à la merci d'un dangereux psychopathe.

— Tu te rends compte qu'il a appris que j'enquête sur ce qui est arrivé à Bernard.

— Tu l'avais avec toi quand tu as vu Laurence ?

— Non, pas quand j'étais à la galerie. Ensuite, je l'ai appelée plusieurs fois et je ne me souviens pas de l'endroit où était le téléphone. Ce qui est sûr, c'est que je l'ai consulté à plusieurs reprises et qu'il l'a su.

Soudainement, j'éteignis mon propre portable. Je chuchotai :

— Tu crois qu'il me surveille aussi ?

Éric ne me répondit pas directement. Il parla à voix basse aussi :

— Où est ton PC ?

Je montrai sans un mot la table de la salle à manger. Éric se dirigea vers l'appareil. Il l'éteignit et remit le cache sur la caméra. Il reparla d'une voix normale.

— Ton PC était en veille, pas éteint. Du coup, il pouvait être activé à distance. Si tu veux éviter tout problème, quand tu n'utilises pas ta caméra, mets le cache devant.

— Je dois prévenir Laurence et je ne dois prendre aucun risque, je représente une menace pour Alain Climont.

— Avant de paniquer, laisse-moi le temps de m'assurer que les deux téléphones et ton PC ont bien été piratés.

— Comment peux-tu le savoir ?

— Je vais lancer un audit de sécurité et regarder les logs et les processus qui tournent en cachés sur ton PC et qui ont établi des connexions vers Internet. Je peux aussi contrôler la variation de ton espace disque sur une journée et la corréler à ton activité…

Je l'interrompis.

— Tu maîtrises la situation, cela me rassure, mais c'est incompréhensible pour moi. Peux-tu faire ton audit rapidement afin que nous ayons la certitude qu'Alain Climont est bien derrière tout cela ?

— En théorie, oui, je peux localiser où sont envoyées les informations piratées. Je vais évidemment investiguer, mais j'ai peur qu'il possède un VPN…

Je ne voulus pas lui faire perdre plus de temps.

— D'accord, ce n'est pas gagné…

27

Bernard avait bien essayé de rentrer en communication avec ses ravisseurs, il leur parlait quand ils les entendaient derrière sa porte. Il leur demandait pourquoi il était là, s'il pouvait obtenir de quoi vivre dans de meilleures conditions. Personne ne lui répondait. Après il s'interrogeait. Quand il avait obtenu de la lumière et qu'une petite lampe s'était allumée dans la pièce, ce qu'il avait découvert lui avait donné un sale coup au moral. Il était allongé dans une pièce sans fenêtre qui semblait située en sous-sol. L'endroit devait faire environ quatre mètres sur trois. Le sol était en béton, le lieu puait l'humidité, mais était propre. La porte neuve et solide était fermée avec une serrure résistante. Il allait être difficile de s'échapper. Cela n'avait pas été facile ensuite de ne pas baisser les bras.

Les journées se ressemblaient toutes. Une nouvelle fois, un plateau avec de la nourriture avait été posé à côté de lui. Il se rendit compte qu'il avait faim et il avala sa tranche de jambon, son pain et ses carottes râpées dans leur emballage industriel avec bon appétit. Il but de l'eau également. Drogué, il s'endormit peu de temps après. À son réveil, il se sentait vaseux. La lumière s'était éteinte entre-temps, il était à nouveau plongé dans le noir. Il sentait son cœur battre la chamade. Il était très stressé. Seule bonne nouvelle, ils lui avaient donné un sac de couchage, un matelas gonflable et un oreiller.

Il avait le temps de réfléchir, il n'avait même que cela à faire. Tout bien considéré, tout n'avait pas commencé au début des travaux…

28

Après avoir profité de l'argent de sa première femme pendant trois ans, Alain se retrouva sans un sou. Il avait surestimé sa fortune et fait des placements risqués qui n'avaient pas donné les résultats attendus.

Il lui était devenu maintenant inenvisageable de chercher un travail après avoir vécu comme un rentier pendant plusieurs années. La solution s'imposa comme une évidence. Il devait juste trouver une nouvelle femme et faire attention à ce qu'elle soit plus riche que la précédente. Il partit en chasse de sa seconde victime. Ce fut lors d'un tournoi hippique, aux haras de Jardy situés à Marnes-la-Coquette, à quelques kilomètres de Suresnes, qu'il identifia sa proie.

Alain venait de fêter ses 48 ans lorsqu'il rencontra Sonia Hamilton, une Américaine, qui était restée à Paris par amour, après ses études. La jeune femme de 33 ans n'avait pas confiance en elle et sortait d'une histoire compliquée avec un homme marié qui n'avait jamais quitté sa femme pour elle contrairement à ses promesses. Sonia Hamilton avait de l'argent grâce à un héritage touché à la mort de son père qui avait péri dans un accident d'avion. L'homme était alors un riche investisseur dans les matières premières. Il avait anticipé la forte demande que les *terres rares* allaient susciter. Comme lui expliqua Sonia, les *terres rares* étaient des métaux très rares nécessaires pour fabriquer par exemple des batteries ou des aimants supraconducteurs avec du lithium ou du cobalt. Son père avait investi en Afrique, plus précisément en République Démocratique du Congo, dans le cobalt. Ce choix audacieux, mais judicieux, avait permis d'assurer aux Hamilton un niveau de vie des plus satisfaisants.

Passionnée depuis toujours par les chevaux, Sonia en possédait un qui restait au haras de Jardy. Elle avait gagné plusieurs médailles en concours de sauts d'obstacles.

Il procéda de la même manière qu'avec sa première femme pour la séduire. Il sortit à nouveau le grand jeu. À sa grande surprise, malgré son apparence peu flatteuse, les femmes paraissaient fascinées par lui et en particulier, par son regard. Il avait, semble-t-il, le pouvoir de les hypnotiser. Il s'installa avec elle peu de temps après leur rencontre et se maria un an plus tard. Il attendit alors patiemment son heure.

Le moment fatidique arriva deux ans plus tard lorsque Sonia se blessa lors d'une chute de cheval pendant un entraînement. Elle se retrouva à l'hôpital avec une épaule démise, des côtes fêlées et une cheville cassée. Lorsqu'Alain la ramena chez lui, elle respirait difficilement à cause de ses côtes et prenait de l'Oxynorm, un analgésique, qui lui permettait de soulager ses douleurs, mais qui l'endormait. Elle était incapable de se déplacer seule.

Les maisons de la cité-jardin sont des maisons de ville étroites et à étages. Au rez-de-chaussée, se trouvent la cuisine et la salle à manger et à l'étage des chambres, une salle de bain et des toilettes. Elles ont pour la plupart un escalier très raide qui monte à l'étage. Sonia ne pouvait pas passer du rez-de-chaussée à l'étage sans aide.

Avec le concours d'un voisin, Gilles Filgade, Alain l'installa donc dans sa chambre à l'étage. Une fois seul avec elle, alors qu'elle somnolait déjà, il versa une dose importante d'Oxynorm dans son verre d'eau. Il la fit boire et elle se laissa faire. Elle sombra dans l'inconscience rapidement. Il la tira par terre jusqu'à l'escalier très raide et la jeta violemment au sol de manière à ce qu'elle tombe dans l'escalier.

Le corps de sa femme rebondit à plusieurs reprises sur les marches, elle se cogna sur le mur et la rambarde. Sa chute se termina lorsque son crâne heurta violemment la première marche en marbre en bas de l'escalier. La jeune femme était alors gravement blessée, inconsciente, dans un état critique. Du sang coulait abondamment de son crâne, mais à la grande contrariété d'Alain, elle respirait toujours. À l'origine, il avait prévu d'appeler le SAMU pour leur expliquer, en larmes, que son épouse était tombée toute seule dans l'escalier et qu'à leur arrivée, ils ne puissent que constater son décès. Mais là, c'était la catastrophe. Peut-être allait-elle se réveiller et se souvenir de ce qu'il s'était passé ? Avec l'effet des médicaments, aurait-elle des souvenirs précis de ce qui s'était produit ? Il estima cette probabilité faible, mais aussi qu'il ne pouvait pas prendre de risque. Il devait changer ses plans.

29

En attendant la fin de l'audit d'Éric, je préparai mes bagages. J'avais accepté son offre et il m'accueillait chez lui, dès à présent, le temps que cette histoire soit éclaircie. Spicy était également la bienvenue.

Mon amoureux vivait dans un grand appartement au dernier étage d'un immeuble récent situé sur les hauteurs de Saint-Cloud avec une vue imprenable sur Paris et la tour Eiffel.

Éric sentit sa tension monter quand il eut fini l'audit. Il attendit qu'on soit arrivés chez lui pour m'en parler.

— Nous allons retourner voir ta policière et lui expliquer ce que nous avons trouvé. Ton téléphone, le téléphone de Bernard et ton ordinateur ont été piratés.

— Comment peux-tu en avoir la certitude ?

— Au-delà de détails techniques qui ne vont pas te parler, est-ce que ta batterie se vide plus vite qu'auparavant ? Ton ordinateur est ralenti ? As-tu eu dernièrement des problèmes de stockage ?

Je répondis d'une voix blanche et hésitante :

— Oui…

— J'ai les résultats de l'audit dont je t'ai parlé et, en résumé, nous avons sans aucun doute un problème de piratage. Malheureusement, je ne suis pas en mesure de savoir où sont envoyées les informations. Les pirates ont utilisé un VPN. Comme je te l'avais dit, je m'y attendais. Je ne suis donc pas surpris, juste un peu déçu.

J'appelai immédiatement Laurence pour la mettre en garde et lui annoncer que je vivais désormais chez Éric. Sa réaction ne se fit pas attendre.

— Je rentre. Je vais laisser mon portable ici et demander à mon amie de le prendre avec elle quand elle se déplace. Ainsi Alain me croira toujours là-bas et j'irai dans ma maison des Hauts de Vaucresson.

— Comment ça, tu rentres ? Ce n'est vraiment pas le moment et tu n'es là-bas que depuis quelques jours.

— Oh que si ! Je ne vais pas te laisser seule avec Éric face à lui et je veux rencontrer ta policière. J'ai deux ou trois petits trucs à lui raconter. Je n'ai pas de doutes sur le fait qu'ils vont enquêter, mais leur rythme ne va pas me convenir.

— Ça, c'est sûr ! J'ai vu aujourd'hui des agents sonner aux portes dans la rue pour l'enquête de voisinage. Ils m'ont promis de ne pas révéler que c'était moi qui m'étais rendue au commissariat et ils resteront les plus discrets possibles sur ta relation avec Bernard.

— Nous allons également profiter de l'absence d'Alain pour fouiller ses affaires.

— Nous devons être très prudents, car le jour de la disparition de Bernard, Alain n'était pas en déplacement comme il te l'a dit.

Laurence ne sut quoi dire quand elle entendit cette révélation. Éric prit la parole. J'étais sur haut-parleur.

— Non, nous n'allons pas aller chez lui.

— Pourquoi ?

— Parce que la maison doit avoir des caméras et une alarme. Nous ne voulons pas qu'Alain Climont sache que tu es revenue et qu'il nous voit sur place.

Laurence abonda avec regret dans son sens.

— Je vous confirme que la maison a des caméras et une alarme.

J'étais frustrée. Je voulais trouver des preuves. Il y en avait forcément dans la maison, mais je n'insistai pas, car je ne voulais pas mettre en péril notre enquête.

Je lui expliquai dans le détail ma conversation avec Damien, le serveur de la *Mare aux Canards*.

— Comment peut-on savoir où il est réellement ?

— On va utiliser les mêmes moyens que lui. Nous allons, nous aussi, le mettre sous surveillance.

— Non…

— On ne va pas se gêner, crois-moi. As-tu une photo de lui ?

— Oui, je dois bien avoir cela. Pourquoi ?

— Nous allons également vérifier qu'il est bien salarié chez Dassault. Je connais un ami qui travaille là-bas et il devrait pouvoir nous dire ce qu'il en est.

30

Alain prit le pouls de sa femme, il battait encore. Il réfléchissait à toute vitesse. Il étudia plusieurs possibilités.

La première était de la laisser mourir sur place et de partir pour la soirée. Il reviendrait et dirait qu'il l'avait trouvée là à son retour. Il devait avoir un alibi très solide, car la police vérifierait quelques détails de sa déposition, il n'était pas naïf. Il abandonna cette idée en se disant qu'elle pouvait rester dans le coma comme ça longtemps et peut-être se réveiller ensuite.

La seconde façon de procéder était de l'achever. Il n'imagina pas lui taper dessus ou l'étrangler. Ce n'était pas son genre de procéder comme cela. Il envisagea de lui administrer une dose de somnifère, mortelle, cette fois-ci. Mais juste après, il fut pris d'un doute. Des personnes résistaient à des doses très importantes de somnifères.

Tuer avec des médicaments – peut-être à cause de ses études de pharmacien – ne le dérangeait pas vraiment. En revanche, s'impliquer physiquement pour mettre fin aux jours de quelqu'un le dégoûtait. Son problème n'était pas éthique, la vie avait finalement peu de valeur pour lui, surtout si en tuant, il pouvait améliorer la sienne. Non, son problème était physique. Mais il n'avait plus le choix.

Il alla dans sa chambre chercher un oreiller et fit donc quelque chose qui le révulsait, il étouffa sa femme en appuyant le coussin sur son visage, essayant de ne pas laisser de traces. Il ne voulait pas se salir, or il avait l'impression que c'était le cas en étouffant Sonia Hamilton.

Il venait à peine de finir son sale boulot, quand deux des voisins voulant jouer aux bons samaritains choisirent cet instant pour sonner à sa porte afin de prendre des nouvelles de la malade.

Il étouffa un cri de rage. Rien ne se passait comme prévu. Il fallait que ces deux imbéciles aient envie de passer au moment où il se débarrassait de Sonia !

Il ne les aimait pas particulièrement. Gilles Filgade et Daniel Taurame étaient un peu trop curieux à son goût, mais sa femme avait le don de cultiver des amitiés de voisinage dont il se serait bien passé.

Il les regarda par l'œilleton de la porte. Gilles, toujours bien habillé, jouant comme toujours au beau gosse, apportait des fleurs. Daniel, avec son éternelle chemisette hawaïenne, tenait une bonne bouteille à la main. Les deux hommes avaient manifestement prévu de passer un moment chez lui.

Il ne put contenir un bref moment de panique. Devait-il leur ouvrir ou pas ? Gilles savait qu'il était là puisqu'il l'avait aidé à monter sa femme à l'étage. Il n'avait pas le choix. Il allait devoir improviser. Les tuer, même, peut-être ? Ou, avec un peu de chance, arriver à les faire coopérer ? Il avait quelques arguments en sa faveur. Toujours son petit côté prudent.

Il ouvrit la porte, simulant sans peine une panique totalement à propos.

D'une voix légèrement plus aiguë que d'habitude, il bafouilla :

— Mes amis, entrez vite. Un drame, un terrible drame…

Il les fit entrer dans l'entrée et prit soin de fermer la porte à clé derrière eux. Ils ne s'en rendirent pas compte, tellement ils furent pris au dépourvu en voyant devant eux le corps sans vie de leur amie.

Daniel se précipita vers elle.

— Elle est encore vivante ?

Alain réussit à prendre un air totalement stupéfait :

— Oui, bien sûr, oui, évidemment !

Gilles, qui connaissait quelques notions de secourisme acquises lors de son passage éclair dans les scouts lors de sa préadolescence, prit son pouls. Il ne sentit rien. Il voulut lui faire un massage cardiaque, mais se rappela qu'elle avait les côtes fêlées. Il décida de prendre le risque de les casser.

— Appelez les secours ! J'attaque le massage.

Alain se tordit les mains de désespoir.

— Elle est morte, morte ! C'est terrible ! Je vais avoir de gros ennuis ! La police va venir ici !

— On ne veut pas appeler la police, mais les secours !

— Mais la police va venir, ils vont vouloir des explications.

Daniel le regarda bizarrement :

— Elle est tombée dans l'escalier, non ? Un accident, non ? En quoi est-ce un problème ?

— Ma première femme s'est suicidée. Je vais avoir des problèmes, c'est sûr, si ma deuxième femme a un accident dans l'escalier, vous comprenez ?

Non, ils ne comprenaient pas. Mais à son grand soulagement, le massage cardiaque avait été interrompu. Il allait devoir être plus explicite.

— J'ai besoin de votre aide.

— Comment ça ?

— On ne va pas appeler les pompiers qui ne pourront que constater la mort de ma femme et poser beaucoup de questions gênantes.

Daniel le fixa ahuri.

— Ah ?

— Oui, vous allez m'aider à me débarrasser du corps de ma femme.

— Ça ne va pas, non ?

Leur voisin était en train de devenir fou. La douleur lui enlevait toute lucidité. Daniel prit son téléphone.

Gilles lui demanda ce qu'il comptait faire.

— Appeler la police, pourquoi ? On ne va pas l'aider à cacher le cadavre de sa femme. Quand une personne a une mort accidentelle, on appelle la police, on ne cache pas son corps.

Gilles acquiesça. Cela lui semblait une évidence également. Hors de question d'aller enterrer en douce la femme du voisin. Il appuya les dires de Daniel.

— Oui, il faut remettre du rationnel dans tout cela.

Alain ne voyait pas les choses de la même manière. Il était soulagé de constater que plus personne ne cherchait à réanimer Sonia qui était considérée comme morte à présent, mais la tournure des évènements ne lui plaisait pas, même si leurs réactions étaient prévisibles. Il allait devoir les menacer. Il les regarda froidement.

— Si ! Si ! Vous allez me donner un coup de main.

Daniel voulut lui démontrer que son attitude était délirante.

— Pourquoi ferions-nous cela ?

— Parce que c'est votre intérêt.

Daniel ne comprenait toujours pas alors Alain lui expliqua.

— Toi, Daniel, tu as des dettes de jeu énormes et tu as déjà effectué une peine de prison pour escroquerie.

Daniel devint tout blanc à sa grande satisfaction.

— Tu as escroqué une vieille femme de 80 ans pour payer tes dettes de jeu, puis tu as abusé des largesses d'un homme handicapé. Enfin, tu as volé les bijoux d'une autre vieille dame, un peu trop confiante. On en a parlé dans la presse locale et j'aime lire la presse locale. J'aime aussi les archives et j'aime me renseigner sur mes voisins. De toute façon, tu as tout le temps besoin d'argent. Tu tapes même tes voisins et je fais partie de ceux qui t'ont prêté de l'argent à plusieurs reprises pour que tu puisses t'en sortir. Je l'ai fait, car c'était un investissement, une sécurité pour moi. C'est le moment de payer tes dettes. Tu ne pourras jamais me rembourser avec de l'argent, tu vas le faire en m'aidant maintenant.

Même s'il connaissait déjà la réponse, Daniel ne put s'empêcher de demander :

— Et si je ne veux pas ?

— Tu es en liberté conditionnelle, non ? Tu as recommencé à traficoter et si cela se savait, tu pourrais retourner en prison, ce que tu ne veux absolument pas, n'est-ce pas ?

— Comment ça, traficoter ? Tu me fais suivre ?

— J'ai du temps à consacrer à mes voisins et je l'utilise. Au cas où. Et vu la situation dans laquelle nous sommes, j'ai eu une bonne idée. Je ne prête pas d'argent sans connaître la personne que j'ai en face de moi. Tu as rencontré une nouvelle amie, une dame handicapée à qui tu rends des petits services, non ? Elle vit dans une belle maison à Rueil-Malmaison, non ? Tu veux que je continue ?

Daniel se sentit vaincu. Il risquait la prison si Alain mettait ses menaces à exécution. Il tenta de se rassurer. Après tout, Sonia était déjà morte quand ils étaient arrivés. Ce n'était pas bien de cacher un cadavre, mais ce n'était pas comme s'il l'avait tuée. Il capitula tout en espérant que Gilles résisterait mieux que lui aux arguments d'Alain.

— Non.

Voyant qu'il était parvenu à ses fins, Alain se retourna vers Gilles. Ce dernier devinait déjà ce qu'il allait lui dire. Alain eut du mal à ne pas lui montrer sa satisfaction. Il prenait enfin sa revanche.

— Toi, Gilles, c'est simple. Tu couches avec ma femme depuis six mois. Tu prends du bon temps avec elle parce que la tienne ne veut plus de toi dans son lit depuis qu'elle a compris que tu étais un obsédé du sexe et que tu tentais ta chance avec toutes les femmes autour de toi. *A priori*, coucher avec la femme de ton voisin ne te pose pas de problème particulier. Cela doit même peut-être t'exciter... Mais malgré tout cela, tu veux rester avec ta femme. Donc tu ne veux surtout pas qu'elle apprenne que tu t'es tapé ta voisine, parce qu'elle t'a bien expliqué qu'elle n'accepterait plus tes frasques. Après si ce n'est pas suffisant pour toi, j'ai autre chose à te dire. Tu pourrais être accusé d'avoir tué Sonia et ta femme pourrait l'être également.

Cette menace le paniqua complètement. Hors de question qu'Estelle soit impliquée d'une manière ou d'une autre dans tout cela.

— Comment ça ?

— Crime passionnel. Si on apprenait que Sonia n'était pas tombée accidentellement dans l'escalier, tu serais évidemment soupçonné, mais ta femme le serait encore plus que toi. J'imagine les gros titres des journaux *la femme légitime tue la maîtresse de son mari*.

Un long silence accueillit cette dernière déclaration. Alain laissa passer quelques secondes, éprouvant un contentement intense. Il avait renversé la situation en sa faveur. Ils allaient l'aider.

31

Mon ami qui travaillait chez Dassault me répondit le lendemain. Sa réponse était improbable.

— Ta photo correspond à Pascal Clément qui a travaillé chez nous pendant un an en tant que coursier.

— Tu es sûr ?

— Oui, absolument. Il faisait la navette entre les différents sites de Dassault Aviation en région parisienne. Il a disparu, du jour au lendemain, il y a un an environ. On n'a jamais plus eu de nouvelles de lui.

Je remerciai mon ami, mais j'étais abasourdie. Pascal Clément et Alain Climont seraient une seule et même personne ? Mon voisin aurait une double vie ? Et puis, son poste de coursier ne correspondait pas à celui qu'il avait décrit à Laurence. On était loin de l'ingénieur fou d'aviation qui voyageait sur les différents sites français de Dassault.

Je lançai immédiatement une recherche sur Internet au nom de Pascal Clément. Autant je n'avais pas trouvé quoique ce soit sur Alain Climont à l'exception des décès de ses deux premières femmes, autant là, je trouvais des informations facilement. L'homme jouait au golf de Béthemont, avait une charmante femme ainsi que deux grands enfants. Ces derniers avaient posté des photos sur un site qui retraçait l'un de leurs voyages au Canada. Le niveau de vie de la famille semblait totalement incompatible avec un salaire de coursier.

Sa femme avait peut-être de gros moyens. Une rapide recherche sur LinkedIn me confirma que ce n'était pas le cas, puisqu'elle était assistante à la mairie d'Aigremont.

À moins d'un héritage ou d'avoir gagné au loto, je ne voyais pas comment ils pouvaient se permettre de dépenser autant. Je surfai ensuite sur Instagram et Facebook et trouvai rapidement de nouvelles photos et informations. Les enfants étudiaient dans des écoles privées, ils étaient également inscrits dans des clubs d'équitation. Toute la famille partait en voyage à l'étranger dans des palaces, plusieurs fois dans l'année. C'était incroyable ! J'avais envie de vomir, comment pouvait-il faire cela à sa famille et à ses *autres* femmes. Cet homme était abject ! Il profitait de l'argent de ses riches épouses pour entretenir sa *vraie* famille ! Mais ce qui m'effrayait le plus était que je le pensais complètement dingue.

J'eus de la peine pour Laurence. Quel choc cela allait être pour elle ! Impossible de la prévenir maintenant, elle devait être dans un avion qui avait dû décoller trois heures après notre discussion.

32

Tout avait commencé quand son ordinateur personnel était devenu plus lent, sa batterie s'était déchargée plus vite, le débit sur son téléphone et son ordinateur avait diminué, certains de ses mails ou SMS arrivaient ou étaient envoyés en double… Autant d'alertes signifiaient que Bernard était espionné. Cela s'était passé, il y a un mois environ, après quelques travaux sur Internet. Il avait pensé à de l'espionnage lié à ses recherches astronomiques, mais il n'avait rien chez lui qui puisse être intéressant, tout était à l'observatoire.

C'est à ce moment-là qu'il avait acheté un disque dur externe pour stocker ses données personnelles. Il avait ensuite invité Emma à venir voir l'éclipse partielle de la Lune en oubliant volontairement son téléphone chez lui. Cela lui avait permis de lui parler sans qu'on puisse l'entendre et de lui demander si elle voulait bien prendre chez elle le disque dur, ce qu'elle avait accepté.

Il avait ensuite apporté son ordinateur et son téléphone portable au service informatique de l'observatoire et, deux jours plus tard, leur verdict avait été sans ambiguïté, quelqu'un les avait piratés.

— Voulez-vous qu'on réinstalle tout ?

— Non, merci. Je veux savoir qui m'espionne et pourquoi.

— C'est très difficile de remonter à la personne à l'origine du piratage.

Il ne le dit pas à ses interlocuteurs, mais il ne voulait pas montrer à cette personne qu'il connaissait ses agissements. Il n'avait pas encore déterminé comment il allait procéder, mais il se voyait bien donner de fausses informations et observer ce qui se passerait ensuite.

33

Alain posa quelques questions avant de passer aux choses sérieuses.

— Afin d'éviter tout problème, nous devons faire disparaître le corps. Avez-vous parlé de son accident de cheval à quelqu'un ?

Gilles et Daniel firent signe que non.

Alain s'adressa à Gilles :

— Même pas à ta femme ?

— Non, je ne parle pas de Sonia à ma femme.

— Dans ce cas, tout est simple.

Il mentait. Il n'était pas certain que cela allait être simple. Lui qui aimait se débarrasser de ses victimes sans les toucher allait être particulièrement servi… Il allait devoir leur dire maintenant. Ils allaient être dans le bain immédiatement. Après avoir réfléchi et tourné le problème dans tous les sens, il ne voyait en effet qu'une seule solution.

— On va découper le corps, le mettre dans des sacs poubelles et aller l'enterrer.

Gilles faillit vomir. Il ne s'imaginait pas un seul instant en train de découper le cadavre de sa maîtresse.

Plus pragmatique, Daniel voulait toujours essayer de ramener à la raison Alain.

— Tu crois ? Tu penses que c'est la bonne solution ?

— Oui. Je ne vois pas comment la faire sortir de la maison autrement. Une fois découpée en morceaux, on pourra les mettre dans des sacs plastiques puis dans la poubelle et les déplacer sans se faire remarquer.

Daniel secoua la tête de désespoir.

— Tu veux que les éboueurs emmènent le corps ?

— Non, les risques qu'ils découvrent le corps sont trop importants.

— Où veux-tu qu'on l'enterre dans ce cas ?

— Dans le jardin de la maison d'en face. Celle du 13. La maison n'est plus habitée depuis des années à cause d'une bataille juridique entre les héritiers. Cela va encore durer un bon moment. Dans le jardin, comme il n'y a pas de vis-à-vis, on sera tranquille pour creuser.

— Tu veux traverser la rue avec une poubelle, aller avec dans la maison inoccupée du 13 et y planquer le cadavre ? Tu ne crois pas que tu vas te faire repérer ?

— Déjà, *je* ne vais pas me faire repérer, car *nous* serons ensemble et ensuite, *nous* allons faire cela discrètement cette nuit.

— Dans ce cas, pourquoi la découper pour la mettre dans des sacs plastiques ? Pourquoi ne pas simplement l'emmener comme si on la soutenait ?

— Je te promets que si on croise un promeneur de chien, ce sera plus difficile de trouver une explication crédible.

Daniel jeta un coup d'œil à Gilles. Ce dernier était en état de choc et dans l'incapacité de participer de manière constructive à leur conversation. Il voulut limiter les dégâts. Il ne l'empêcherait pas de la découper, mais s'il pouvait éviter la promenade avec les poubelles qu'il estimait des plus risquées et laisser Alain découper le cadavre seul…

— Il y a une solution plus discrète que la poubelle. On pourrait mettre les sacs en plastique dans des sacs de sport et se répartir les morceaux. Si on croise quelqu'un, on rentre du sport. Qu'en pensez-vous ?

Alain, content de voir qu'il coopérerait, acquiesça.

— Oui, c'est une bonne idée. Mettez-vous en survêtement pour que cela fasse plus crédible. On dira qu'on est allés boire un verre après, si nécessaire. Mais surtout, on va tout faire pour que personne ne nous voie.

— Oui, c'est ça. Mais après, pour le découpage…

— Oui ?

— Comment comptes-tu procéder ?

— On va la couper avec des scies à bois.

— Là, je ne suis pas sûr que l'on puisse t'aider.

Il rajouta très vite voyant l'air d'Alain :

— On peut t'aider à transporter le corps, n'est-ce pas Gilles ?

Gilles ne répondit pas. Il ne pouvait tout simplement pas prononcer un mot.

— Gilles est d'accord. Il est juste un peu sonné. Mais pour découper le corps, on ne va pas y arriver.

— Il va le falloir, car si je le fais seul, cela va prendre beaucoup trop de temps. Je ne connais pas l'emploi du temps de Sonia et je ne voudrais pas avoir de nouvelles visites, vous le comprendrez aisément.

Ne sachant plus trop quoi argumenter, il tenta une dernière contre-offensive :

— Et si le futur propriétaire veut faire quelques travaux pour aménager sa terrasse par exemple, il risque de tomber sur le corps. Cela ne t'inquiète pas ?

— On creusera suffisamment profond pour que ce ne soit pas un problème. Il vaut mieux éviter de se promener avec un corps en voiture pour aller l'enterrer ou le brûler en forêt de Rambouillet, tu ne crois pas ?

34

Il était temps de nous replonger dans les fichiers et les courriels de Bernard. Je voulais regarder plusieurs choses. Tout d'abord, je voulais voir s'il avait trouvé des informations à la suite de ses recherches sur Alain Climont. Ensuite je voulais découvrir s'il avait des preuves que c'était bien ce dernier qui l'espionnait. Enfin je voulais savoir de quoi parlait son fils quand il m'avait dit que son père était riche grâce à un brevet.

Nous nous sommes réparti les recherches avec Éric. Je me suis concentrée sur ce fameux brevet. Laurence n'en avait jamais entendu parler. Je fis des recherches méticuleuses dans ses archives et ses mails sans succès. Cela ne voulait pas dire que l'information n'existait pas, juste que je ne savais pas où la trouver, car aucun répertoire ne s'intitulait *brevet* ou *contrat* ou *juridique*, ce serait beaucoup trop simple. Peut-être que ce brevet était ancien et que rien n'avait été numérisé. Je devais retourner chez lui pour regarder dans ses archives. Je soupirai à cette idée, car je me souvenais parfaitement des différents tas composés de strates de documents hétéroclites empilés sans aucune logique apparente sur son bureau et les étagères attenantes. Éric me proposa un autre angle d'attaque :

— Tu pourrais déjà regarder ses relevés de comptes, s'il les imprime ou les reçoit par courrier. S'il est riche grâce à ce brevet, il doit toucher des redevances ou quelque chose qui ressemble à cela, au moins une fois par an. Un gros montant apparaîtra à un moment donné sur son relevé de compte.

— Je te confirme qu'il a bien des relevés papier. Je les ai récupérés lorsque j'ai cherché des indices chez lui juste après sa disparition. Je n'ai regardé que les deux derniers mois, car je voulais vérifier si des mouvements financiers étranges n'étaient pas apparus juste avant sa disparition, mais je ne suis pas allée plus loin.

Soulagée d'avoir trouvé une alternative dans mes recherches, j'ouvris la pochette de ses relevés bancaires. Aucun montant important ou versement inhabituel n'y figurait. Je me suis ensuite rendue sur le site de l'INPI, l'Institut National de la Propriété Industrielle. J'ai tapé le nom de Bernard Morin en tant qu'inventeur. Je n'ai rien trouvé. En désespoir de cause, j'ai tapé Morin en tant que titulaire, donc propriétaire du brevet, et là, j'ai eu ma réponse. Il était bien le titulaire d'un brevet. Je suis allée voir de quoi il s'agissait. Son père en était l'inventeur. Il avait créé un ingénieux système de fermeture de fenêtres, quinze ans auparavant, et une invention peut être brevetée pendant vingt ans. Il en était propriétaire depuis un peu plus de cinq ans. Internet m'a ensuite confirmé que le père de Bernard était décédé six ans plus tôt. Il touchait donc des redevances concernant un brevet dont il avait hérité. Pourquoi ne les voyait-on pas sur ses relevés de compte ?

— Peut-être parce qu'il possède plusieurs comptes bancaires dans des banques différentes. Tu n'as le relevé que d'un seul compte, non ?

— Oui.

Je pris une profonde inspiration. Cela signifiait que je devais retourner chez Bernard chercher d'autres extraits de compte…

Éric refusa de me laisser m'y rendre seule. J'acceptai sa présence, car même si je ne voulais pas lui avouer, je n'étais pas enchantée à l'idée de retourner fouiller dans la maison de Bernard. L'idée de revenir sur les lieux de sa disparition et de baigner dans l'atmosphère sinistre qui y régnait depuis me dérangeait.

Éric et moi nous sommes répartis les tas de documents administratifs dispersés dans son bureau. J'attrapai également des papiers sur les étagères. Ce fut là que je tombai sur un os. J'étais stupéfaite. Que faisait cet os à cet endroit-là ? Je le montrai à Éric.

— Regarde ce que j'ai trouvé !
— Un os ? Quelle sorte d'os ?
— C'est un radius.
— Un radius ?
— Oui.

Devant sa mine perplexe, je précisai :
— C'est un os de l'avant-bras.
— C'est donc un os humain ?
— Oui, sans aucun doute. D'un adulte. J'imagine que c'est de cela qu'il voulait me parler. Mais comment cet os était-il arrivé sur son étagère ?
— Oui, bonne question. Et surtout, où l'a-t-il trouvé et cela a-t-il un lien avec sa disparition ?
— Pourquoi ne l'a-t-on pas trouvé lorsque nous sommes venus fouiller la dernière fois ?
— Nous n'avons pas regardé sur les étagères et il était dissimulé derrière un classeur comme s'il avait voulu le cacher.

Nous sommes revenus sur nos recherches et rapidement, nous n'avons plus entendu que le bruit des feuilles que nous triions. Cette ambiance, que je ne pouvais m'empêcher de qualifier de mortuaire, m'oppressait vraiment et j'avais du mal à me concentrer. Soudain je poussai un cri, mais pas parce que j'avais trouvé un nouveau relevé de compte bancaire. Je montrai une pochette à Éric :

— Lui aussi a enquêté sur Alain Climont ! Il a imprimé ce qu'il a découvert !
— Il va falloir reprendre nos recherches dans ses archives informatiques, car il n'a peut-être pas tout imprimé.

J'esquissai un sourire en entendant Éric toujours aussi rationnel.

— Il connaissait le passé étrange de son voisin et sa double identité ainsi que le destin tragique de ses précédentes femmes.

— Pourquoi n'en a-t-il pas parlé à Laurence ?

— Ce n'est pas facile de critiquer le futur ex- de ta future femme. Il s'est peut-être dit que cela n'avait pas d'importance, car elle allait le quitter. De quand datent ces impressions ?

— De la veille de sa disparition !

— Tu as l'explication. Il n'a pas eu le temps de lui dire. Peut-être avait-il prévu de lui annoncer lors du dîner du jour de sa disparition ?

Éric me montra alors un paquet de relevés de compte d'une autre banque. Nous avons rapidement retrouvé deux virements importants de Fenêtratout, une société très connue sur le marché des fenêtres, qui utilisait le système de fermeture inventé par le père de Bernard.

Un quart d'heure plus tard, je retrouvai également le contrat de licence d'utilisation du brevet. Sa lecture nous a appris que le premier virement correspondait à un montant forfaitaire dû chaque année et le second à un pourcentage du chiffre d'affaires. On voyait également les montants que Bernard payait à l'INPI pour conserver son brevet.

Pour autant, Bernard n'était pas riche contrairement à ce que son fils croyait. Il ne conservait quasiment rien. La grande partie de ces montants étaient réinvestis dans des associations défendant les droits des animaux, les enfants en difficulté et l'environnement… Christophe Leroy avait-il fait disparaître son père pour accéder à un pactole qui n'existait pas ? Pourquoi avait-il tant besoin d'argent ? Que faisait-il le soir de la disparition de son père ? Comment avait-il eu connaissance de l'existence de ce brevet ? Ne savait-il pas qu'il n'avait aucun droit puisqu'il n'avait pas été reconnu par son père ?

En effet, c'était la famille de sa mère qui l'avait élevé. Il ne semblait avoir aucun lien avec celle de son père. Son fils avait peut-être juste regardé sur Internet.

Nous avons mis les documents que nous souhaitions analyser chez Éric dans un carton, puis nous nous sommes dirigés vers l'entrée pour partir. Je demandai à Éric de m'attendre, je remontai en courant dans la mezzanine pour y récupérer l'os. Sans trop savoir pourquoi, je préférais ne pas le laisser chez Bernard.

De retour chez Éric, je tapai le nom de Bernard Morin sur un moteur de recherche et je pus voir, en effet, qu'une association qui œuvrait pour la conservation des éléphants éditait une lettre d'information trimestrielle dans laquelle un généreux donateur était interrogé. La lettre de l'hiver dernier avait publié un article sur Bernard. Il y expliquait qu'il avait reçu par son père le droit d'exploiter son brevet et qu'il avait pérennisé les donations que ce dernier faisait de son vivant et avait donc continué à donner aux mêmes associations que lui.

Christophe Leroy avait donc dû lire le même article et en déduire que si son père avait suffisamment d'argent pour en donner aux éléphants, il en avait certainement assez pour lui.

Je tapai ensuite le nom de Christophe Leroy et je sus alors pourquoi il avait besoin d'argent. Il voulait monter une association afin de recenser les insectes dans différents milieux et d'étudier l'impact de l'homme sur leur organisation et leur prolifération. Il essayait de trouver de généreux donateurs et des bénévoles sur une plateforme collaborative.

Bernard, de son côté, avait également essayé de comprendre en quoi consistait le projet de son fils. Pourquoi ne voulait-il pas y participer ? Cela restait une énigme. Je trouvai pour ma part l'initiative intéressante même si Christophe Leroy me semblait une personne au comportement vraiment détestable. Cela aurait été pour Bernard une manière de créer un lien avec son fils.

Je tombai ensuite sur un échange par mail entre eux deux qui me confirma la manière dont Christophe avait appris l'existence du brevet. Il en parlait à son père et lui disait que s'il pouvait considérer son projet comme une bonne œuvre, cela pourrait leur permettre d'avoir quelque chose en commun. Visiblement, l'approche n'avait pas séduit Bernard.

Pendant que je fouillais dans les papiers, Éric avait continué à parcourir le contenu du dossier que Bernard avait constitué sur Alain Climont. Il y avait laissé un compte-rendu d'audit de son PC portable qui expliquait que son ordinateur était piraté. Il avait noté à la main que c'était Alain qui le surveillait. Il avait donc trouvé le coupable même s'il n'indiquait pas comment il était arrivé à cette conclusion.

Toutes ces informations ne menaient nulle part. Aucun nouvel indice n'apparaissait. Les pistes se refermaient les unes après les autres, c'était frustrant.

35

Je me rendis à mon entretien avec le scientifique qui revendiquait la paternité des découvertes de Bernard avec un peu d'appréhension. Je ne maîtrisais pas du tout ce domaine et j'avais un peu peur de ne rien comprendre à ce qu'il me raconterait.

Les locaux où travaillaient les chercheurs de l'observatoire de Paris se situaient dans des bâtiments gris à côté de l'observatoire proprement dit.

Ma rencontre avec Mathieu Bricart fut étonnante. Je n'avais pas en face de moi, un homme en blouse blanche dans son monde, mais une personne d'une quarantaine d'années qui ne ressemblait en aucun cas à un scientifique. Il aurait pu faire de la publicité, du marketing, de la vente, et même du mannequinat, car il était bel homme. Habillé dans un costume hors de prix, avec les mains manucurées, il avait la dernière coupe de cheveux à la mode. Mais surtout, il savait se mettre en valeur. Je n'eus pas besoin de l'interroger longtemps pour qu'il m'explique sa pensée sans prendre de gants.

— Bernard a été choisi comme lauréat au prix Craaford, mais c'est plus pour sa carrière que pour son travail actuel. Il est un peu dépassé par toutes les nouvelles évolutions technologiques à son âge. J'avoue avoir trouvé un moment injuste que cela ne soit pas moi qui aie été pris à sa place. J'aurais pu prendre un département de recherche plus important avec plus de budget si j'avais eu cette reconnaissance, alors qu'il est en fin de carrière, cela ne lui servira pas à grand-chose. De plus, c'est moi qui ai trouvé…

J'en avais assez entendu. Je me mis à l'écouter d'une oreille distraite m'expliquer que c'était grâce à son apport que la recherche dans le domaine de l'astronomie solaire avait fait un pas de géant. J'avais affaire à quelqu'un qui avait les dents longues et un fort besoin de reconnaissance, était-il prêt à faire disparaître quelqu'un pour cela ?

— De toute façon, cela devrait se résoudre tout seul. S'il ne refait pas surface rapidement, j'ai toutes mes chances d'être nominé à sa place…

Quelle outrecuidance ! Il ne doutait de rien. Je gardais mes pensées pour moi tout en me disant qu'il pouvait toujours rêver, car ses pairs ne l'appréciaient pas d'après Jean-Paul Cartino or, c'était eux qui mettaient en avant l'un des leurs. Le professeur Bricart était fait pour rencontrer des hommes politiques ou célèbres, mais la communauté scientifique ne le remercierait pas pour sa passion sans faille dans sa discipline.

Je devais lui poser *la* question. Je lui fis mon plus beau sourire en passant ma main dans mes cheveux et lui demandai :

— Afin de vous mettre totalement hors de cause, pourriez-vous avoir la gentillesse de me dire où vous vous trouviez le soir de sa disparition ?

Il éclata de rire, ce qui me permit d'admirer ses dents très très blanches.

— Vous me suspectez, ma chère ! Quel honneur !

Je préférai ne pas le braquer, il n'était absolument pas obligé de me répondre. Il ne m'avait reçu que par curiosité, j'en étais maintenant persuadée. Cet homme aimait plaire et se sentir important. Je pris sur moi et lui dis de ma voix la plus enjôleuse :

— Professeur Bricart, je souhaite juste vous éliminer définitivement de la liste des personnes qui pourraient éventuellement être suspectées.

A priori, mon numéro de charme marcha, car il prit d'un air important son agenda et m'annonça, d'une voix victorieuse :

— Le soir de sa disparition, j'étais à une conférence suivie d'un dîner à Londres pour échanger sur Solar Orbiter. J'imagine qu'une bonne centaine de mes collègues m'ont vu, car j'en étais l'un des contributeurs. Je logeais d'ailleurs dans le même hôtel que le professeur Malcom qui s'occupe du magnétomètre dans cette mission. Vous voulez son numéro de téléphone ? Il vous confirmera que nous avons pris le petit-déjeuner ensemble.

— Excellente nouvelle, Professeur Bricart, vous voilà hors de cause. Je vous remercie du temps que vous m'avez consacré. Je ne vais pas abuser de votre gentillesse plus longtemps…

Je réussis à me sauver après lui avoir promis que, oui, nous irions prendre un verre ensemble bientôt. Je lui plaisais, à moins que tout ce qui ressemblait à une femme ne lui plaise par principe… Évidemment, cet apéritif ne se concrétiserait jamais ailleurs que dans ses rêves. Ce personnage trop suffisant était néanmoins hors de cause. Je regrettai presque que cela ne soit pas lui le coupable. Je pouvais désormais me concentrer sur d'autres pistes.

36

Les deux hommes étaient pris dans un horrible engrenage. S'ils ne faisaient pas ce qu'Alain voulait, ils risquaient la prison et de tout perdre. Alors sous la pression, ils avaient fait le sale boulot. Alain avait protégé le sol avec des bâches, ils étaient allés chercher leurs scies à bois et ils s'étaient mis à la tâche. Gilles, sentimental, avait vomi plusieurs fois et pleuré sans chercher à se cacher, mais il avait fait ce qu'Alain voulait. Ils avaient coupé la tête, les bras et les jambes du cadavre et emballé les morceaux dans de grands sacs poubelles destinés au jardinage. Ils étaient allés jeter le tout dans un trou creusé dans le jardin du voisin du 13. L'opération s'était bien déroulée. Alain avait renvoyé chez eux les deux hommes traumatisés leur annonçant qu'ils avaient réglé leurs dettes envers lui et qu'ils allaient continuer à se comporter exactement comme auparavant et ne jamais plus parler entre eux, avec lui ou quiconque d'autre de cette affaire. Il leur demanda de se débarrasser de leurs vêtements et de leurs scies. Les voisins promirent solennellement de le faire.

Alain avait mis dans une valise des vêtements de sa femme ainsi que ses affaires de toilettes, ses bijoux, ses papiers, son téléphone portable éteint et son sac à main.

Il avait ensuite chargé le tout dans sa voiture au petit matin comme s'il partait en voyage. Arrivé dans les sous-bois de la forêt de Fontainebleau à quatre-vingts kilomètres de là, il s'était changé et avait brûlé les affaires qu'il portait la veille ainsi que celles de sa femme.

Après trois jours d'absence, il avait réapparu, l'air de rien, rue des peupliers.

À son retour, il avait constaté la disparition de sa femme. Il avait fait part de sa surprise à un maximum de voisins en constatant qu'elle ne lui avait pas laissé de message et qu'elle ne donnait pas signe de vie. Ces derniers lui confirmèrent qu'ils ne l'avaient pas vue dernièrement.

Au bout d'une semaine, il était allé voir la police.

— Ma femme a disparu alors que j'étais en déplacement. Je suis fou d'inquiétude. Je n'arrive pas à la joindre. Elle a pris des vêtements, son sac à main…

— Votre femme avait-elle prévu d'aller voir des amis ou de la famille ?

— Elle m'avait bien dit qu'elle comptait rendre visite à une amie américaine à Lorient qui n'allait pas bien. Elle comptait faire du bateau là-bas, car elle adore la voile, mais je ne sais rien de plus.

— Vous ne connaissez pas le nom de cette amie ?

— Non, ma femme connaît beaucoup d'amies américaines qu'elle voit régulièrement et que je ne fréquente pas. Ce qui m'inquiète, c'est qu'elle ne m'ait pas prévenu…

Une rapide enquête de voisinage permit à la police de recueillir les témoignages des voisins proches. Elle en conclut que le couple n'allait pas bien et que Sonia avait pris la poudre d'escampette.

On lui avait donc expliqué que sa femme l'avait quitté et qu'il devait la laisser tranquille. Il avait insisté en larmes.

— Je souhaite juste que vous me confirmiez qu'elle va bien.

37

Alain put profiter de la fortune de sa seconde femme. Elle avait eu la bonne idée de mettre tous ses comptes à leurs deux noms. Il dépensa son pactole avec sa famille d'Aigremont entre aménagement de sa maison, les voyages, les études des enfants, les vêtements hors de prix de sa femme et les bijoux qu'il lui achetait. Il ne se restreignait pas, car il avait l'impression d'avoir trouvé le bon filon pour subvenir à ses besoins financiers sur le long terme. Il se sentait intouchable.

Le manque de lucidité de sa femme l'impressionnait. Elle ne lui posait jamais de questions sur l'origine de ses *primes*. Il était juste, aux yeux de sa famille et de ses proches, quelqu'un qui réussissait dans son travail et c'était exactement ce qu'il souhaitait. Enfin, il était reconnu.

Ce fut une période sans nuage. L'organisation de son temps était bien rodée entre son logement à la cité-jardin qu'il avait gardé pour accueillir ses futures victimes et la maison d'Aigremont.

Deux ans plus tard, il y eut juste un moment de tension lorsque l'héritage de la maison du 13 fut réglé. La maison fut alors vendue et le nouveau voisin, Bernard Morin, s'installa. Les trois compères le surveillèrent, mais son jardin ne l'intéressait pas particulièrement et, rapidement, ils furent rassurés.

L'argent de Sonia disparut quelques années plus tard et il se retrouva une nouvelle fois les poches vides. Il avait 57 ans lorsqu'il rencontra Laurence Renard. Il avait lu un article sur l'ouverture de sa galerie dans une revue sur l'art. Laurence y était interviewée. Une courte biographie figurait à la fin de l'article. Il ressentit la même excitation que lorsqu'il avait identifié Adeline et Sonia. C'était la bonne, il en était sûr ! Il se renseigna sur elle. Laurence remplissait tous les critères pour être sa future victime : un deuil récent, une fragilité psychologique, pas de famille proche. Mais ce qui lui plaisait le plus était qu'elle était riche. Elle vivait seule, en dépression après son divorce et la mort de son père. Il savait désormais comment procéder pour séduire ses proies et prenait de l'assurance. Il alla la rencontrer lors du vernissage de sa galerie. Comme les autres fois, il l'écouta, il l'invita, lui offrit des cadeaux. Il sut se rendre indispensable, veillant à satisfaire toutes ses envies. Fragile, elle tomba très vite sous son emprise psychologique. Il la rassurait. Ils vécurent ensemble au bout de deux mois. Laurence lui proposa de venir vivre dans sa superbe maison située dans la division Théry dans les Hauts de Vaucresson, mais il refusa, car il souhaitait avoir un œil sur le jardin où ils avaient enterré le corps de Sonia. Elle avait trouvé bizarre qu'il préfère vivre dans une petite maison de la cité-jardin plutôt qu'une magnifique maison à Vaucresson. Mais elle voulut lui faire plaisir et accepta son explication lorsqu'il lui parla de la forte valeur affective de cet endroit pour lui. Elle vint s'installer rue des peupliers. Elle avait eu peur de sentir la présence de ses précédentes épouses dans les lieux, mais ce ne fut pas le cas.

Il lui proposa à plusieurs reprises de se marier, mais elle n'arrêtait pas de lui répondre qu'elle avait encore besoin de temps pour s'engager formellement.

Un an et demi plus tard, Laurence commença à prendre ses distances avec lui. Il tenta de la reconquérir, mais elle était différente, lui racontait moins de choses, elle s'habillait mieux, avait une nouvelle coiffure. Il le sentait, sa proie était en train de lui échapper. Trois mois plus tard, il était persuadé qu'elle avait rencontré quelqu'un d'autre. Impossible de la laisser faire, cela faisait trop de temps qu'il investissait sur elle. Si elle partait, il se retrouverait complètement à sec. Il fallait découvrir rapidement qui était l'amant de sa femme afin de mettre fin à sa tocade.

Il quitta alors son travail de coursier chez Dassault et passa ses journées à la suivre. Il ne vit rien de particulier. Elle partait tous les matins à la galerie et revenait le soir. Pourtant, il était persuadé qu'il y avait anguille sous roche.

Il changea alors de méthode et passa à la vitesse supérieure. Il alla sur Internet et se paya les services d'une entreprise spécialisée dans la mise sous surveillance illégale des ordinateurs et des téléphones portables. Il mit un GPS dans leur voiture, prétexta des déplacements professionnels pour pouvoir l'épier alors qu'elle le croyait absent. Il eut la réponse à ses questions la semaine suivante. Il eut un choc quand ses écoutes lui apprirent que c'était Bernard Morin, son voisin, l'homme chez qui était enterré le cadavre de sa seconde femme, qui avait séduit Laurence.

Il entendit également celle qu'il considérait, il y avait encore peu de temps, comme sa future femme expliquer à son amant qu'elle se méfiait de lui, le trouvait bizarre et voulait le quitter pour partir avec lui. Ce qui la freinait était qu'elle ne savait pas comment lui annoncer sa décision et comment il réagirait. Tout était donc une question de jours. Il décida alors de tuer Bernard. Il devait juste réfléchir à la manière de procéder pour parvenir à ses fins.

Un jour, il sut que le moment d'agir était arrivé, car il entendit Laurence dire à Bernard qu'elle avait fait son choix. Leur discussion le mit dans un état de rage incontrôlable.

— Je vais le quitter et vivre avec toi.

Morin poussa un cri de joie.

— Je suis un homme heureux !

— Je vais profiter de l'un de ses déplacements pour faire mes valises et partir de chez lui.

— Sans le prévenir ?

— Je lui laisserai un mot. Nous partirons ensemble aux Maldives pendant quelques jours comme nous en rêvons depuis des mois. Ensuite, je m'installerai pendant un temps dans une maison que je louerai et où il ne pourra pas me retrouver.

— Et ensuite ? Comment voudras-tu faire ? Tu voudras vivre chez toi, chez moi ou ailleurs ?

— C'est une décision que nous devrons prendre ensemble. Tu as des projets pour ta maison et je ne veux pas te forcer à la quitter.

38

Deux jours avant sa disparition, Bernard partagea ses doutes avec Laurence. Celle-ci tomba des nues, mais en réfléchissant, elle réalisa qu'elle aussi devait être surveillée. Alain lui avait fait à plusieurs reprises des remarques bizarres et semblait toujours être au courant de ce qu'elle faisait.

Elle n'avait qu'un vieil ordinateur à la galerie dont elle ne se servait jamais et qui était éteint. La surveillance dont elle devait être l'objet passait forcément par son téléphone portable.

Laurence n'avait aucun doute.

— Nous aurions donc tous les deux nos portables piratés sans compter ton ordinateur, cela ne peut pas être une coïncidence. C'est forcément Alain. C'est la seule personne qui nous lie tous les deux.

Bernard était plus nuancé. Même s'il était d'accord avec elle, il voulait envisager toutes les possibilités.

— Je ne t'ai pas raconté toute ma vie. Des personnes pourraient avoir envie d'apprendre des choses sur moi. Je travaille, par exemple, sur un projet qui peut avoir d'importantes répercussions économiques, j'ai quelques soucis avec mon fils qui essaie de m'extorquer de l'argent…

— Pense ce que tu veux, je ne vois pas pourquoi je serais surveillée pour des choses qui ne concerneraient que toi et la probabilité qu'on soit surveillé en même temps par deux personnes différentes est juste proche du zéro absolu.

— Le meilleur moyen de le confirmer est de lancer une fausse information et de voir comment les personnes concernées réagiront. J'ai déjà tenté l'expérience avec mon fils et pour mon travail et il ne s'est rien passé. Comment pourrions-nous obliger Alain à réagir ?
— J'ai ma petite idée à ce sujet…

39

Au moment où Alain envisagea d'empoisonner Morin – une méthode simple, non violente, qui avait déjà fait ses preuves, il devait juste choisir avec quoi et comment –, deux évènements concomitants accélérèrent prodigieusement le cours des choses.

Le couple de tourtereaux échangea par téléphone pour mettre au point leur voyage aux Maldives, ce qui le mit dans une rage folle. Puis, beaucoup plus grave, ils se rencontrèrent pour organiser le départ définitif de celle qui aurait dû être sa future victime, avec des rires, des gloussements, des *mon chéri* et des *ma tourterelle* qui le hérissèrent. Mais, ce n'était pas tout.

Le pire arriva quand Laurence annonça à Bernard qu'elle partait le soir même profitant de son déplacement. Il n'avait pas anticipé un départ si rapide. Il était donc dans l'obligation d'agir immédiatement. L'empoisonnement n'était plus une possibilité, car il prendrait trop de temps à préparer. Il réglerait son compte à cet individu dans la soirée, puis irait rejoindre sa *vraie* famille. Cette affaire tombait au plus mal, car il ne pouvait pas reporter sous un quelconque prétexte sa venue à Aigremont. C'était la soirée d'anniversaire de sa fille Charline qui fêtait ses 10 ans et il n'en avait jamais manqué une.

Alors qu'il se remettait à peine de ses émotions et échafaudait en catastrophe un plan pour arriver à ses fins, Gilles et Daniel l'appelèrent, complètement paniqués. Daniel lui expliqua la situation de manière synthétique, d'une voix suraiguë :

— Ce crétin de Morin veut construire une piscine semi-enterrée derrière chez lui. Il a loué une tractopelle pour creuser dans son jardin. Quel imbécile ! Je suis allé le voir pour le dissuader, mais il ne m'a pas écouté. Il ne saisit pas en quoi c'est un problème ! Et j'avoue que je n'arrive pas à lui expliquer.

— Il a commencé à creuser ?

— Oui.

— Alors il y a urgence.

— On pourrait saboter son engin.

— Oui, mais cela ne nous fera gagner qu'un jour ou deux. Ce n'est pas la solution.

— Tu proposes quoi ?

— Nous devons neutraliser Morin.

En prononçant ces mots, Alain eut une révélation. Ce qui était un problème majeur pour ses interlocuteurs était la meilleure nouvelle de sa journée. Ils allaient l'aider à éliminer Morin sans qu'il ait besoin de les menacer.

Gilles, qui savait bien ce que *neutraliser* pouvait signifier pour son voisin, comprit que tenter de le contrer ne servirait à rien à part à le braquer. Quoi qu'il fasse, Alain mettrait ses menaces à exécution. Il devait plutôt lui faire croire qu'il n'était pas opposé à ses propositions pour distiller un peu de rationnel dans ce qu'il disait. Il persista calmement :

— Tu proposes quoi ?

— Les possibilités sont multiples. On peut le tuer dès ce soir, mais c'est un peu court si on veut faire les choses proprement sans attirer les soupçons. On peut le kidnapper le temps de réfléchir et voir ensuite ce qu'on fait. On peut le menacer, mettre le feu à sa maison… Que préférez-vous ?

— On peut aussi le kidnapper, l'endormir et aller déterrer le corps pendant la nuit. Puis on le relâche.

Daniel renchérit aussitôt :

— Oui, on lui donne une drogue où il ne se souviendra de rien.

Alain réfléchit. Cela ne lui plaisait pas du tout comme solution. Cela pouvait régler le problème du cadavre, mais pas celui de l'élimination de l'amant de sa femme. Il allait réfléchir à d'autres alternatives. Il se recentra sur l'élimination du cadavre enterré dans le jardin.

— Nous devrons ensuite nous débarrasser du corps de Sonia. Pas facile à faire discrètement. Cela se prépare aussi.

Une nouvelle fois, les cieux furent avec lui. Grâce à la surveillance qu'il avait mise en place, il reçut, comme chaque fois que Morin envoyait un SMS, une alerte. Il contrôla son contenu. L'astronome écrivait à la pimbêche du 11, Emma Latour. Le contenu du message le fit paniquer : *Peut-on se voir demain dès ton retour de chantier ? J'ai besoin de ton avis.*

Il n'avait pas besoin d'être paranoïaque pour tirer les conclusions qui s'imposaient. Morin avait vu Emma Latour quelques instants auparavant et ils avaient parlé de la pluie et du beau temps. Il le savait parce que chaque fois que Morin parlait, le micro de son portable se déclenchait et sa conversation était enregistrée. Ensuite d'après ce que lui expliquait Daniel, le voisin s'était mis à creuser. Il était facile de conclure qu'il était tombé sur des os et que là, il demandait à sa voisine de lui dire à quoi ils correspondaient. Alain ne pensait pas que Morin était en mesure de les identifier et de déterminer s'il s'agissait d'os d'un animal ou d'un humain.

— On a un problème. Ne me posez pas de questions, mais je viens d'apprendre que Morin vient de trouver des os dans son jardin. On ne va pas pouvoir procéder comme vous le proposez.

Comme il l'expliqua à Gilles et Daniel, si on le kidnappait et le relâchait ensuite, Morin se rappellerait qu'il avait trouvé des os et il verrait qu'ils avaient disparu. Trop dangereux.

40

Un silence de mort accueillit cette mauvaise nouvelle. Alain le laissa planer afin de leur laisser le temps de prendre conscience des différentes options qu'il leur restait.

Gilles reprit la parole d'une voix tranchée :

— Comment peux-tu en être certain ? Ce n'est pas possible.

— Si, fais-moi confiance.

Gilles ne lui ferait jamais confiance, mais si l'autre lui affirmait que c'était certain, il ne devait pas l'inventer. Il répéta :

— Ce n'est pas possible, parce qu'on avait mis le corps dans des sacs en plastique et que le plastique ne se dégrade pas.

— Peut-être qu'on n'a pas pris des sacs poubelles qui ne se dégradent pas. Cela fait huit ans qu'on l'a enterrée. Les sacs biodégradables existent depuis plus de dix ans. Daniel, c'est toi qui nous as donné des sacs en plastique. En quoi étaient-ils ?

— Je n'en sais rien, je ne me suis pas posé la question. Ce n'était pas important puisqu'on partait du principe qu'on ne pourrait pas retrouver le corps.

— Peut-être que les sacs étaient compostables ou biodégradables, on ne le saura jamais ; peut-être qu'ils se sont déchirés ; peut-être que des animaux les ont déchiquetés. Mais même s'il a effectivement trouvé des os, on ne le tuera pas.

Afin qu'il ne subsiste aucun doute, Daniel renchérit :

— Je suis d'accord avec Gilles. Hors de question de le tuer.

— D'accord. Vous proposez quoi ?

Daniel retrouva espoir, Alain semblait prêt à les entendre :

— On le kidnappe et on voit après tranquillement ce qu'on fait de lui. On trouvera forcément des solutions sans le tuer. Une fois qu'on l'a kidnappé, on sabote sa machine, on enlève le cadavre et on s'en débarrasse. Et on a le temps pour faire tout cela proprement.

Alain ne put s'empêcher de sourire :

— Kidnapper ! Kidnapper ! Quand on vous écoute, cela paraît simple, mais cela ne l'est pas. Il faut avoir un plan pour enlever quelqu'un, on ne va pas arriver chez lui et l'emmener l'air de rien dans notre voiture. Et puis, il faut connaître un endroit où nous pourrons le garder. Vous avez cela en stock ?

Et, tout à coup, il eut une illumination ! La maison des Hauts de Vaucresson. La division Théry était résidentielle et calme avec peu de circulation. La propriété était entourée de hautes clôtures et n'avait aucun vis-à-vis. On pouvait mettre dans le jardin plusieurs voitures. La grande maison en meulière était magnifique avec plusieurs étages et un sous-sol total.

Il s'y était rendu une fois, au début de sa relation avec Laurence quand elle lui avait proposé de venir vivre chez elle. Il l'avait visitée rapidement. L'endroit pouvait faire l'affaire si l'une des pièces sans fenêtre du sous-sol fermait à clé. Il irait chercher une serrure avec Daniel avant de se rendre dans la maison. Ils ne prenaient pas de grands risques à l'enfermer là-bas. Il avait fait un double des clés, il y a quelques semaines, quand il avait senti le vent tourner, juste au cas où, et conservait une copie du petit carnet où elle notait les codes de l'alarme.

Il écouta d'une oreille distraite ses deux complices en train de parler de ferme abandonnée, de grottes et autres

imbécillités. Il les laissa réfléchir à haute voix, lui, pendant ce temps-là, faisait marcher ses neurones sans bruit. Après quelques instants, il les coupa.
— C'est bon, j'ai la solution.

41

Laurence arriva enfin à l'aéroport de Roissy–Charles-de-Gaulle. Elle prit un taxi et nous retrouva chez Éric. Elle était un peu fatiguée, car elle avait dû faire face à une grève sauvage des contrôleurs aériens et avait obtenu après une longue attente une place hors de prix pour le vol du lendemain. Mais la colère contre celui qui avait été son petit ami l'emportait sur tout le reste.

— C'est une vermine. On va aller voir la police ensemble et je vais leur dire tout le mal que je pense de lui…

Je coupai la parole à ma bouillonnante voisine.

— Laurence, j'ai quelque chose à te dire…

Elle me fixa un moment puis s'exclama :

— Cela ne peut pas être pire que maintenant !

— En fait, si ! Nous avons appris de nouvelles choses sur Alain et en effet, nous devons parler à la police.

— Qu'avez-vous appris de si terrible ?

— En résumé, Alain Climont s'appelle également Pascal Clément. Il vit à Aigremont et il a une femme et deux filles. Il était coursier chez Dassault, pas ingénieur.

Laurence ne dit tout d'abord rien. Elle était manifestement très choquée, ce que je comprenais parfaitement. Elle prit une longue respiration.

— Punaise ! Tu as des preuves ? Comment l'as-tu su ?

Je pris un instant pour lui expliquer rapidement comment nous étions arrivés à ces conclusions. En voyant sa mine défaite, je sus qu'elle me croyait et je crus bon de ne pas en rajouter.

— Veux-tu que je détaille davantage ?

Elle grimaça.

— Non, surtout pas. Je ne suis pas prête à entendre maintenant comment je me suis fait rouler dans la farine. Tu m'expliqueras tout dans le détail quand nous aurons récupéré Bernard. Plutôt que de me flageller ou me lamenter, je préfère agir. Comment lui règle-t-on son compte ?

Je ne pus m'empêcher d'être un peu surprise par son manque de curiosité même si j'étais consciente qu'on réagit tous différemment face à l'adversité et que visiblement Laurence préférait l'action.

— On l'espionne. Déjà, on met un GPS dans sa voiture pour voir où il va et ce qu'il fait. On verra ensuite si on doit mettre son téléphone et son PC sur écoute.

Éric prit la parole :

— Une chose importante. Il ne doit pas savoir que tu es là. Tu vas rester ici. Ta seule sortie sera pour aller à la police. Tu n'appelleras personne. Tu vas prévenir ton amie de Dublin que si Alain l'appelle, elle ne doit en aucun cas lui dire que tu es rentrée.

— Avec mon amie, nous avons déjà tout prévu. Elle a conservé mon téléphone. Elle l'éteindra et le rallumera tous les jours. Dans deux jours, elle ne le rallumera pas. S'il l'appelle directement pour prendre de mes nouvelles, elle ne lui répondra pas tout de suite. Quelques heures plus tard, elle le rappellera pour lui expliquer que je suis partie en promenade quelques jours pour découvrir l'Irlande du Sud et que j'ai dû avoir un problème avec mon portable.

— Tu es censée faire quoi ?

— Le parc de Killarney, la route touristique de Ring of Kerry, puis l'île Skellig Michael et, pour finir, la Péninsule de Dingle.

— Ça a l'air très bien, en effet. Tu donnes de tes nouvelles à Alain régulièrement ?

— Je l'ai eu au téléphone juste avant de partir. Je l'appelle tous les deux à trois jours quand je pars en voyage. Il ne s'inquiétera pas avant quarante-huit heures.

— Tu pourras toujours lui envoyer un mail du PC d'Éric pour lui dire que ton téléphone est en panne.

— Oui, c'est une bonne idée.

Tout se mit en place rapidement. Éric avait acheté du matériel pour espionner notre homme. Cela avait été un jeu d'enfants d'en commander sur Internet et d'être livré le lendemain. À la nuit tombée, Éric et moi étions accroupis, en train d'installer un tracker aimanté sous la voiture d'Alain Climont garée dans un parking sous-terrain au bout de la rue des peupliers.

Laurence nous avait laissé le double des clés de la voiture qu'elle avait toujours dans son sac à main. Nous avons donc pu ensuite la fouiller. Aucune trace de lutte, de sang ou un quelconque indice. En revanche, je fus très surprise de trouver des poils de chat sur le siège passager.

— Regarde Éric !
— Ils ont un chat ou un chien, eux aussi ?
— Non.

Je pris un poil dans ma main et le regardai à la lumière de ma torche.

— On dirait un poil de Spicy.

Éric resta très perplexe.

— Tu ne crois pas que tu conclus un peu vite ?
— Ils sont tigrés et longs comme ceux de Spicy. On va les prendre et on les comparera. D'accord ?

J'attrapai un sac plastique et une pince que j'avais emportés avec moi et soigneusement, je réussis à en prendre deux ou trois. Je voulais éviter de contaminer ces poils, car ils seraient peut-être des preuves plus tard si on analysait leur ADN pour le comparer à celui de Spicy.

La comparaison visuelle eut lieu dès notre retour. Nous avons trouvé la belle Spicy tranquillement allongée sur notre lit. Des poils parsemaient la housse de couette. J'en prélevais sans difficulté une dizaine pour les étudier. Éric ne put que reconnaître que la ressemblance était troublante. Qu'est-ce que ces poils faisaient dans la voiture d'Alain Climont ? J'étais persuadée que la chatte n'était jamais montée dedans. Était-ce la preuve que Bernard avait été transporté dans cette voiture à la place du passager ? Pourtant il n'avait pas mangé avec Alain Climont, Damien, le serveur du restaurant avait été plus qu'affirmatif à ce sujet.

Le lendemain, nous avons de nouveau rencontré l'enquêtrice de Suresnes qui suivait notre affaire. Elle nous reçut très souriante, mais voulut rapidement mettre les choses au point.

— Nous avons commencé l'enquête préliminaire et rien ne nous a paru nécessiter davantage d'investigations. Pas une personne ne nous a semblé alarmiste concernant la disparition de M. Morin. Nous avons interrogé les voisins et ils n'ont rien vu, rien entendu.

— Nous avons de nouveaux éléments.

J'expliquai qu'Alain Climont était en fait Pascal Clément. Dorothée Leblanc m'interrompit sans me lancer l'opportunité de finir.

— Ces informations sont importantes certes, mais je ne vois pas leur rapport avec la disparition de M. Morin. En imaginant même que M. Climont a tué ses deux premières femmes, ce qui n'a jamais été démontré, il n'a pas de raison de s'attaquer à M. Morin.

— Si ! À cause de lui, Laurence allait le quitter, et le pactole sur lequel il comptait en se mariant avec elle allait s'évanouir.

Laurence prit alors la parole :

— Il est très bizarre quand j'y pense. Il m'a approché à un moment où j'étais psychologiquement très fragile et j'ai été rapidement sous son emprise. Ma rencontre avec Bernard m'a permis de réaliser que je faisais une grave erreur en m'engageant avec lui. Alain s'en est rendu compte et son comportement a changé. Il a mis mon portable sous surveillance.

— Comment pouvez-vous le savoir ?

— Bernard pensait être espionné. Je ne le prenais pas au sérieux, mais en réfléchissant un peu, j'ai tout de suite eu des doutes sur Alain, car c'était la seule personne qui nous reliait. Nous avons voulu en être certains. Nous avons donc diffusé une fausse information pour voir comment il réagissait.

— Et qu'avez-vous fait ?

— Nous nous sommes appelés et nous avons discuté d'un rendez-vous que nous avions soi-disant pris pour louer une maison afin de pouvoir nous retrouver sans contrainte et nous installer rapidement ensemble. J'ai demandé à Bernard de me reconfirmer l'adresse. Il me l'a envoyée par SMS. La maison appartenait à l'une de mes amies qu'Alain ne connaissait pas. Cette amie a une belle propriété à Croissy-sur-Seine et une caméra de surveillance filme son entrée. Nous avons pu voir une heure plus tard Alain venir en voiture et sonner en se faisant passer pour un agent immobilier. J'imagine qu'il voulait valider ce qu'on avait dit au téléphone. Mon amie lui a dit que la maison n'était plus à louer et qu'elle avait trouvé preneur. Nous avons donc obtenu la preuve que nous voulions. Alain nous surveillait. Après est-ce qu'il nous surveillait quand nous étions à nos domiciles respectifs, avec nos ordinateurs et nos portables, des trackers, des micros-caméras ? Qui surveillait-il ? Moi ou Bernard ? Ou nous deux ? Difficile de le savoir. Mais au moins, nous étions fixés.

— Nous avons interrogé Alain Climont dans le cadre de notre enquête préliminaire et il nous a affirmé qu'il n'était pas là le soir de la disparition de M. Morin. Il nous a donné les coordonnées d'une personne qui nous a confirmé ses dires.

Je repris la parole.

— Il s'agit de sa femme, n'est-ce pas ? Vous êtes donc au courant pour sa femme ?

— Oui, nous avons eu connaissance de sa situation particulière, mais je ne vous en ai pas parlé, car il ne fait rien d'illégal. Il a le droit d'avoir des maîtresses. Sa femme et ses deux enfants ont attesté qu'il avait bien passé la soirée avec elles ce soir-là. La petite fêtait son anniversaire. Elles nous ont montré des photos. Il a un bon alibi. Il a mal agi envers vous, mais cela ne veut pas dire qu'il a, pour autant, enlevé M. Morin.

— Sa femme sait que Laurence existe ?

— Apparemment non, et nous ne lui avons rien révélé. La culpabilité de M. Climont n'a pas été démontrée. Nous lui avons juste dit que, dans le cadre d'une enquête, nous avions besoin de reconstituer son emploi du temps pour cette nuit-là, et rien d'autre.

Dorothée Leblanc ne bougerait pas. Elle avait visiblement d'autres sujets à traiter, bien plus urgents que celui-là. Elle abrégea notre entretien. Nous sommes repartis sans lui avoir expliqué que nous avions mis Alain Climont sous surveillance. Cela ne pourrait que nous attirer des ennuis. Elle ne savait pas non plus que j'avais été mise sous surveillance et nous avions toujours avec nous le portable de Bernard.

42

Les voisins s'arrêtèrent instantanément de discuter. Ils fixèrent Alain avec un mélange d'admiration et d'effroi. Ils ne doutèrent pas un instant qu'il avait la solution.

— Nous allons trouver un prétexte pour que Morin mange avec nous trois ce soir. Je sais que cela ne sera pas facile, car il a prévu de faire une dînette chez lui avec ma femme.

Alain s'arrêta un instant pour laisser ses interlocuteurs digérer l'information. Ces derniers cachèrent leur surprise avec difficulté mais choisirent de ne pas réagir pour le moment.

— Il va falloir le convaincre sans lui dévoiler la raison du repas. Gilles, tu iras dîner avec lui. Vous nous attendrez pendant un moment, vous commencerez même à manger. Ensuite, tu nous appelleras ou tu feras semblant de le faire et tu lui diras qu'on se retrouve finalement rue des peupliers. Il faudra trouver un moment en fin de repas pour verser dans son verre un somnifère et vous partirez peu de temps après pour nous rejoindre.

— Mais comment je fais pour la drogue ?

— Je vais t'en donner. Ce sera simple. Dès que tu vas lui annoncer que les personnes que vous attendez sont Daniel et moi, il va vouloir prévenir Laurence que je suis là alors que je suis censé me déplacer aujourd'hui. Il va donc s'absenter, aller aux toilettes, j'imagine, pour passer un appel. Tu vas l'emmener à la *Mare aux canards* car c'est en pleine forêt et il ne captera pas quand il se rendra aux toilettes. Ensuite, vous paierez et irez à la voiture. Il ne voudra pas finir trop tard pour rejoindre ma femme. Dans la voiture, sous l'effet des médicaments, il va s'endormir. Tu nous rejoindras à la maison des Hauts de Vaucresson que possède Laurence et on l'enfermera dans le sous-sol.

— Laurence est propriétaire d'une maison à Vaucresson ?

— Oui, elle a conservé la maison où elle vivait avant que nous nous installions ensemble.

— Et, tu n'as pas peur qu'elle se rende là-bas ?

— Elle ne s'y est pas rendue depuis des mois, pourquoi le ferait-elle maintenant ? Avec Daniel, on t'attendra là-bas. On va y aller en avance pour mettre des verrous dans une des pièces sans fenêtre du sous-sol et faire deux-trois aménagements si nécessaire.

43

Bernard reprenait le fil de ses pensées dès que la brume dans laquelle il était une grande partie de la journée s'estompait. Conscient de se faire empoisonner par ses geôliers, il essayait de boire et de manger le moins possible afin de conserver sa lucidité. Cela semblait fonctionner, mais il devenait de plus en plus faible chaque jour.

Il fit un effort pour revenir sur son idée de fausse information. L'expérience lui avait permis d'avoir la certitude qu'Alain Climont les espionnait.

Ils avaient prévu d'acheter de nouveaux téléphones le lendemain de sa disparition. Ils avaient fait très attention en attendant. Ils n'utilisaient plus les leurs pour communiquer.

Si son kidnapping était lié à sa surveillance, qu'avait appris Alain Climont de si important pour qu'il passe à l'acte de manière si subite ? Son enlèvement était-il lié au fait que Laurence le quittait le soir même ?

Il se souvint de sa discussion avec le technicien du service informatique. D'après lui, il était possible de déclencher la caméra ou le micro du téléphone ou de l'ordinateur à distance avec ce type de piratage. S'il faisait toujours attention à bien couvrir sa caméra avec un cache, il ne coupait jamais son téléphone. Alain Climont avait donc pu l'entendre discuter avec Laurence pour préparer son départ.

Il avait beau réfléchir, il n'arrivait pas à accepter que ce soit cela qui ait provoqué sa disparition. C'était d'autant plus improbable qu'il se faisait aider par un ou plusieurs complices.

Si ce n'était pas cela, l'évènement majeur qui lui était arrivé le jour de son enlèvement était la découverte de ce grand os dans son jardin. Ses recherches sur Internet, qui avaient pu être vues par Alain Climont, portaient sur les os humains ou de grands animaux. Vu ses connaissances limitées du squelette, il n'avait pas été en mesure de se faire une idée précise, d'où son SMS à Emma… Il répéta plus lentement : *d'où son SMS à Emma,* qu'Alain Climont avait pu voir aussi…

En quoi serait-il concerné par un os dans son jardin et en quoi son ou ses complices le seraient-ils également ? Si c'était lui qui était à l'origine de son kidnapping, il avait la conviction qu'un de ses complices devait être Gilles avec qui il était juste avant de perdre conscience, certainement drogué. Quel était l'intérêt commun des deux voisins ? Cela voulait-il dire que quelqu'un aurait été enterré dans son jardin ?

44

Tout avait été simple ensuite. Les instructions précises d'Alain furent respectées à la lettre.

Alain et Daniel allèrent avec la voiture de Daniel aux Hauts de Vaucresson. Dans une pièce du sous-sol, une porte avait déjà une serrure, mais Alain jugea qu'elle n'était pas assez solide et demanda à Daniel d'en rajouter une. Bricoleur, Daniel possédait tous les outils nécessaires. Il en monta immédiatement une nouvelle qu'ils étaient passés acheter dans un magasin de bricolage juste avant de venir.

Alain prêta sa voiture à Gilles. Ce dernier n'avait qu'une voiture avec sa femme et cette dernière l'avait prise pour aller voir sa mère à Orléans. C'était une bonne nouvelle, car elle ne poserait pas de questions sur son départ impromptu dans la soirée.

Même si cela ne fut pas facile de le convaincre, Morin accepta le dîner à la *Mare aux Canards*. Il alla, comme prévu, aux toilettes pour appeler Laurence afin de la prévenir qu'Alain n'était pas parti en voyage. Cela laissa le temps à Gilles de verser du Valium dans son verre de vin rouge. Les deux hommes mangèrent leurs desserts, Gilles fit semblant de les appeler, puis ils quittèrent ensuite les lieux. Morin s'endormit comme prévu dans la voiture.

Gilles emmena alors sa victime dans la maison des Hauts de Vaucresson. Il rentra dans la propriété sans qu'on le voie. Les trois hommes avaient déchargé leur victime pour l'enfermer au sous-sol. Ils ne l'auraient pas laissé tomber dans l'escalier raide qui descendait au sous-sol, tout aurait été parfait. Ils avaient eu peur, enfin Daniel et Gilles avaient eu peur qu'il soit gravement blessé. Alain aurait adoré que leurs craintes se réalisent. En effet, la tête de Morin avait heurté le sol et elle avait saigné abondamment. Finalement, ce ne fut rien de grave, mais cela avait été impressionnant. À leur grande surprise, Morin, toujours drogué, ne s'était pas réveillé. Ils avaient désinfecté la plaie avant de le laisser tout seul dans la pièce sans fenêtre.

Gilles était ensuite revenu à la cité-jardin. Il avait désarmé l'alarme du 13 allée des peupliers grâce au code inscrit dans le petit carnet de Laurence. Il avait laissé le téléphone portable de l'astronome dans l'entrée ainsi que ses papiers et était reparti avec son ordinateur en claquant la porte et en laissant les clés à l'intérieur.

Le but de la manœuvre était de brouiller les pistes afin que reconstituer l'emploi du temps de Morin avant sa disparition soit compliqué. Tout devait faire croire que Morin avait été enlevé devant chez lui.

De son côté, Alain avait rejoint Aigremont pour fêter, comme prévu, l'anniversaire de Charline.

Daniel avait assuré la garde de leur prisonnier pour la nuit.

Le lendemain matin, Gilles avait expliqué à son employeur qu'il avait une très forte gastro-entérite et qu'il ne pourrait pas venir. De son côté, Daniel, artisan à son compte, pouvait organiser son temps comme il le voulait. Il avait annulé ses rendez-vous.

Les trois hommes s'étaient relayés toute la journée pour surveiller leur victime. Alain donnait à manger et à boire à Morin en le droguant au Valium à intervalles réguliers. Il avait également effacé le contenu de l'ordinateur pour que la police ne puisse pas remonter à lui, en tombant sur des recherches Internet que Morin aurait pu faire sur lui ou sur la preuve que sa machine avait été piratée. Pour plus de sûreté, il avait pilonné le PC en insistant sur le disque dur afin qu'on ne puisse pas par un moyen ou un autre récupérer les données écrasées. Il était allé ensuite le jeter dans une poubelle à quelques kilomètres de là.

45

J'aimais vivre avec Éric. Ma vie de célibataire qui me semblait si importante, il y a encore peu de temps, ne m'attirait plus du tout. J'aimais partager toutes mes soirées et mes nuits avec lui et je m'entendais très bien avec sa fille qui semblait apprécier nos discussions. Curieuse, elle me posait énormément de questions sur mon métier. Du coup, un mercredi après-midi, je l'avais emmenée sur mon chantier de fouilles et elle avait adoré.

Mais j'avais peur de revivre l'expérience que j'avais connue avec mon ancien petit ami. Notre séparation s'était mal passée avec de nombreuses disputes et j'avais eu la forte impression de ne pas bien gérer la situation. En même temps, si je ne disais pas oui à la proposition d'Éric, je ne voyais pas ce qui me ferait changer d'avis un jour. Or je ne voulais pas finir ma vie toute seule.

Éric profita d'un dimanche ensoleillé pour nous proposer de marcher dans la vallée de Chevreuse. Laurence eut la délicatesse de se désister afin que nous puissions passer la journée en tête-à-tête.

Comme toujours avec Éric, aller se promener s'accompagnait d'une halte gastronomique qui n'était pas pour me déplaire. Notre nouveau but fut cette fois-ci le restaurant de l'abbaye des Vaux de Cernay, la *Table du Prieur*, situé dans la forêt de Rambouillet. Les bâtiments, vieux de huit siècles, étaient nichés dans un magnifique parc orné d'un étang qui permettrait une promenade digestive qui serait la bienvenue après le repas.

Une heure de route était nécessaire pour se retrouver dans ce petit paradis.

Nous avons discuté de notre enquête pendant un moment, puis Éric m'apprit que ses parents voulaient s'installer dans le sud de la France dès qu'ils auraient trouvé une maison. Cela me surprit.

— Ils ne veulent pas aller en Toscane pour retrouver toute ta famille ?

— Non, ils ont envie de plus de soleil et de se rapprocher, mais pas trop quand même.

— Ils veulent aller à la frontière ? À Menton ?

— Non. Ils ne veulent pas s'installer sur le bord de mer beaucoup trop fréquenté l'été. Ils cherchent dans l'arrière-pays. Plutôt du côté de Cannes.

Je n'imaginais pas qu'ils en étaient déjà à chercher quelque chose.

Éric poursuivit :

— Je t'avoue que je les envie. J'aimerais bien vivre dans le Sud. La qualité de vie y est tellement meilleure que dans la région parisienne.

— Pourquoi ne l'envisages-tu pas ?

Je réalisai au moment où je prononçais ma phrase que cela allait permettre à Éric de parler de l'avenir de notre couple. Je ne savais pas si j'avais envie de le faire aussi vite. Je m'étais installée chez lui depuis moins d'une semaine. Éric saisit, comme anticipé, la balle au bond.

— Parce que tu es là. Aurais-tu envie de quitter ta région, ta famille, pour aller dans le sud de la France avec moi ?

Je bottai en touche :

— Si nous décidons de vivre ensemble, pourquoi pas ! Mes parents seraient ravis de venir nous voir sur la Côte d'Azur. Mais comment gérerais-tu ta société ?

— Je pourrais la gérer à distance et revenir sur Paris de temps en temps. La société existe depuis plusieurs années, elle est pérenne avec plusieurs managers pour la faire fonctionner, dont un ou deux en qui j'ai confiance...

Éric continua à parler de sa société avant que je provoque un changement de sujet pour que nous abordions nos plans de vacances pour cet été. Éric ne fut pas dupe de ma diversion, mais n'insista pas. Il allait falloir que je me positionne ou plutôt que je dépasse ma peur, car je voulais construire quelque chose avec lui. Plus j'y pensais, plus cela devenait une évidence. J'espérais juste arriver à lui dire que j'étais partante pour qu'on vive ensemble avant qu'il ne se lasse d'attendre ma réponse.

46

Les trois voisins avaient passé ensuite beaucoup de temps à discuter.

— Ce n'est pas le tout de l'avoir kidnappé. On a géré la crise et les travaux sont arrêtés, mais maintenant, on fait quoi ?

Tout d'abord, ils devaient récupérer le corps de Sonia. C'était urgent, car lorsque des personnes commenceraient à s'inquiéter de la disparition de Morin, la police viendrait fouiller la maison et son jardin à la recherche d'indices. Comme Alain n'arrivait pas à estimer le temps qu'il leur serait nécessaire pour débarquer, ils devaient régler ce problème maintenant.

— Cette nuit, on va dans son jardin et on enlève le cadavre.

— En imaginant qu'on arrive à aller chez lui et à charger le cadavre dans la voiture sans se faire repérer, que fait-on ensuite ?

C'est un vrai sujet. Ils étaient tous d'accord pour s'en débarrasser, mais ne savaient pas comment.

— Il doit être complètement décomposé au bout de huit ans, non ?

Gilles priait pour que cela soit le cas. Il aurait détesté devoir manipuler le cadavre de Sonia.

Alain avait déjà étudié la question :

— Oui, on ne va trouver qu'un squelette. Les sacs en plastique auraient dû retarder le processus de décomposition, mais comme ils se sont ouverts, le processus a dû aller jusqu'au bout.

— Donc on va récupérer des os, les mettre dans un ou deux sacs-poubelle et charger la voiture sans se faire prendre.

— On va faire cela cette nuit, on ira avec des pelles, hors de questions de faire marcher la pelleteuse trop bruyante.

Daniel regarda son téléphone portable.

— Ils annoncent de la pluie pour ce soir. Cela va être l'enfer.

— C'est une excellente nouvelle. La pluie devrait effacer la plupart de nos traces.

Ce problème réglé, Gilles proposa :

— On pourrait brûler les restes ?

— Les os brûlent difficilement. On pourrait aller les jeter dans un étang ou un lac suffisamment grand et loin d'ici.

— Les os ne flottent pas ?

— Non, ils ont une densité supérieure à celle de l'eau.

Gilles eut une idée, ils n'avaient qu'à aller à l'endroit où il aimait pêcher le goujon et les truites arc-en-ciel :

— On pourrait les jeter dans l'un des étangs de la Minière ?

— C'est où ?

— À côté de Guyancourt et de Buc, c'est à quarante minutes d'ici. On y va par la N286. L'endroit est isolé, ne ferme pas la nuit et on aura l'embarras du choix. Il possède plusieurs étangs, ceux du Moulin, celui du Val d'Or et celui de La Minière. Le dernier est particulièrement intéressant pour nous. C'est une réserve naturelle et une clôture le protège. Personne n'y va jamais. Si on arrive à escalader la clôture, on sera tranquille. J'y suis allé l'autre jour et à certains endroits, elle est abîmée. Cela nous facilitera la tâche.

Faute d'une meilleure idée, les deux autres acquiescèrent.

Les deux voisins se regardèrent sans un mot. Alain était conscient d'être vraiment effrayant. Ils devaient se demander comment il faisait pour tout savoir sur son voisin, sur ses SMS, sur ses travaux, sur sa liaison avec sa femme. Ils devaient avoir l'impression qu'Alain vivait avec l'astronome. Mais aucun d'eux n'osait lui demander des explications. De toute manière, ils n'étaient pas stupides et avaient deviné qu'il avait mis son voisin sur écoute. Ce qu'Alain voulait, c'est qu'ils soient persuadés que son pouvoir de nuisance était sans fin. S'il pouvait faire en sorte qu'ils aient peur de devenir des témoins gênants et de finir par avoir un accident ou de disparaître eux aussi, ce serait parfait.

C'était l'avenir de leur prisonnier qui les divisait le plus. L'heure était venue de réaborder le sujet. Alain avait des idées très arrêtées pour des raisons différentes de ses deux complices. Évidemment, il fit comme si son unique préoccupation était de gérer ce problème d'os. Il leur répéta ce qui semblait être un argument imparable :

— Il faut le faire disparaître définitivement. Quand il va se réveiller, si on le libère, la première chose qu'il va vouloir, c'est retrouver son os disparu.

Mais ses voisins ne furent pas dupes. Daniel dépassa sa peur pour lui dire le fond de sa pensée.

— Tu n'es pas objectif. Tu souhaites lui régler son compte, car il est l'amant de Laurence.

Alain se moquait de savoir avec qui sa future femme couchait, il voulait juste qu'elle se marie avec lui et ne divorce pas. Elle pouvait coucher avec tous les hommes du voisinage, cela lui faisait ni chaud, ni froid. Mais il ne pouvait pas le dire à Daniel.

— Mes éventuelles peines de cœur sont le cadet de mes soucis. Je crois que nous avons quelque chose de bien plus important à régler. Morin ne doit pas pouvoir nous envoyer en prison.

Gilles sentit la moutarde lui monter au nez. Alain avait un culot.

— T'envoyer en prison ! Nous ne l'avons pas tuée, nous. Nous sommes juste tes complices, car nous avons caché le corps. Tout cela doit s'arrêter. Je ne veux plus dépendre de ton bon vouloir.

Daniel n'était pas aussi tranché. Il avait connu la prison et savait qu'au vu de son passif, un juge ne se montrerait pas très compréhensif. Il fallait empêcher ses deux comparses de persister dans cette voie.

— Je propose qu'on le libère. Il va retourner chez lui et il verra qu'il n'y a plus d'os. Et ?

Alain le regarda, choqué.

— Comment ça, et ?

— Oui, et ? Il a vu quelque chose qui ressemblait à un os. Il voulait en parler à Emma Latour. Il n'a pas eu le temps de le faire. Il ne sait pas exactement ce qu'il a vu. Il va revenir chez lui et il ne verra plus rien. Est-ce vraiment grave ?

Alain reconnut intérieurement qu'il n'avait pas tort. Il n'y avait plus de preuve. Qu'est-ce que cela pouvait faire que Morin ait vu quelque chose qui n'existait plus ? Pour autant, il voulait s'en débarrasser, il ne pouvait que contredire Daniel.

— Tu te rappelles que Morin a mangé avec Gilles avant de s'endormir ? Qu'ils devaient nous rejoindre dans la rue ? Penses-tu que Morin va l'oublier ?

Il regarda Gilles :

— Tu lui diras quoi quand il te demandera ce qui s'est passé ?

Sa voix devint ironique et grinçante alors qu'il imitait Gilles répondant à Morin :

— *Tu ne te souviens pas que je t'ai déposé devant chez toi après le repas ? Tu ne te sentais pas bien alors on a reporté notre discussion.* Ne crois pas un instant qu'il va te croire, triple buse !

47

Alain était revenu dans sa maison de la cité-jardin, le lendemain de la disparition de Bernard, en fin d'après-midi comme s'il rentrait du travail. Il avait pu y croiser Laurence, avec les yeux rouges et d'immenses cernes. Sa femme prétexta un problème d'allergie pour expliquer son état. Il esquissa un sourire narquois devant son excuse. Dans la soirée, il lui proposa de faire leur voyage de noces aux Maldives et envisagea un éventuel déménagement dans les beaux quartiers de Saint-Cloud. Sa sidération et sa mine effrayée le remplirent d'une joie cruelle. Ce n'était pas l'envie qui lui manquait d'en rajouter davantage, mais il n'avait pas de temps à perdre.

Il avait subtilisé un double de clé de la maison de Morin que Laurence avait en sa possession.

La nuit suivante, Laurence avait volontairement pris un somnifère pour pouvoir dormir, il avait donc eu le champ libre pour quitter la maison.

Avec des lampes frontales, les trois hommes s'étaient retrouvés devant la maison de Morin. Ils s'étaient vêtus de noir avec des pelles et des gants. Ils avaient de la chance, à deux heures du matin, ils n'avaient croisé personne.

Accéder au jardin n'avait pas été simple. Il avait fallu rentrer dans la maison, car l'alarme couvrait le jardin et la petite peste l'avait forcément remise après son passage rapide en fin de soirée.

Il avait d'ailleurs failli avoir une attaque quand, sur l'écran de son ordinateur, il l'avait entendue pénétrer, il y a quelques heures, dans la maison alors qu'il se trouvait aux Hauts de Vaucresson. Heureusement, elle ne s'était pas attardée dehors et n'avait rien vu de particulier.

Laurence avait noté le code de l'alarme de son amant dans son petit carnet à codes, la désactiver n'avait donc pas été un problème. Ils avaient traversé la maison sans mettre la lumière et étaient ressortis de l'autre côté pour arriver sur la terrasse.

Alain se souvenait exactement de l'endroit où le corps avait été enterré au milieu d'une ligne droite entre un cerisier du Japon et un magnifique Paulownia toujours présents des années plus tard. Il inspecta avec sa frontale et une lampe de poche les lieux. Et, en effet, il vit tout de suite que son intuition avait été la bonne. On pouvait voir dans la terre déjà retournée à cet endroit, une phalange. Il avait étudié la pharmacie, pas d'anatomie, il ne pouvait en dire plus, mais Morin était bien tombé sur un bout du squelette de Sonia. Il montra à ses acolytes l'os et sans un mot, ils avaient pris leurs pelles et creusé à l'endroit où ils avaient déjà creusé huit ans auparavant. La terre était humide avec toute la pluie qui était tombée et atteindre le squelette fut simple. On ne voyait pratiquement plus les sacs-poubelle qui n'avaient pas résisté au temps.

En faisant attention, ils recueillirent tous les os qu'ils pouvaient voir ainsi que le plastique restant et mirent le tout dans un nouveau sac poubelle. L'ensemble ne pesait pas cinq kilos. Ils prirent le temps de bien vérifier à plusieurs reprises qu'il ne restait plus d'os avant de quitter les lieux en reprenant le même chemin qu'à l'aller.

Ils utilisèrent la voiture d'Alain pour se rendre aux Étangs de la Minière et suivirent les instructions de Gilles. Ils arrivèrent devant un des étangs entouré d'une barrière en métal afin que les marcheurs ne puissent pas s'y promener. À l'endroit repéré par Gilles, le grillage était abîmé à la suite de la chute d'un arbre. Les trois hommes passèrent par l'ouverture pour aller jeter dans l'étang les restes de Sonia.

Ils ajoutèrent des pierres pour lester le sac afin d'éviter qu'il ne flotte. Personne ne pouvait les voir, car ils étaient protégés par le sous-bois assez dense qui entourait le petit lac. Ils repartirent sans croiser personne.

48

De retour chez Éric, après une belle promenade digestive, nous nous sommes installés dans le salon pour continuer à discuter. Je n'arrêtais pas de penser au message que Bernard m'avait envoyé. L'une des clés de son enlèvement était là. J'espérais qu'à force de retourner les informations dans tous les sens la solution apparaîtrait à un moment.

— Pourquoi voulait-il mon avis ? Nous nous étions croisés juste avant.

— Il avait peut-être oublié de te demander quelque chose ?

— Il ne me demandait pas grand-chose à part de m'occuper de sa chatte lorsqu'il partait. La seule chose qu'il avait eu le temps de faire après mon départ était de creuser dans son jardin. Il n'a dû s'arrêter qu'une dizaine de minutes à un moment donné. Je l'ai entendu car j'avais mes fenêtres ouvertes. Il m'a envoyé le message quelques instants après avoir arrêté sa tractopelle.

— Il aurait donc eu un problème avec sa piscine.

— Je n'y connais rien en piscine. Mes compétences, ce sont les squelettes et les artefacts du Moyen Âge. Si mon voisin a trouvé quelque chose en creusant sa piscine et s'il voulait m'en parler rapidement, c'est qu'il m'estimait compétente pour lui dire de quoi il s'agissait.

— Donc tu imagines qu'il a trouvé des os ou des objets archéologiques en creusant sa piscine ? On en revient à notre précédente discussion. Nous n'avons aucune preuve que cette hypothèse est bonne.

— Peut-être, mais on a quand même trouvé un os humain sur son étagère ! Il m'en aurait parlé s'il l'avait trouvé avant de me voir. Ce n'est pas tous les jours qu'on ramasse des os humains. Si je poursuis mon raisonnement, cela signifie qu'une personne aurait pu être enterrée dans son jardin et que son cadavre aurait été ensuite déplacé, ce qui expliquerait que je n'ai rien trouvé en me rendant chez lui.

— Si je te suis, tu crois que Bernard aurait été kidnappé en raison de sa découverte ?

— Oui, nous suivions peut-être une fausse piste en cherchant une explication avec un Alain Climont jaloux ou un fils envieux ou une raison professionnelle. En tout cas, nous allons y retourner pour chercher si des traces ne sont pas restées.

Éric me coupa.

— Nous avons déjà fouillé, non ?

— Oui, mais très superficiellement. S'ils ont déplacé le corps, il faut chercher, dans la terre, des tout petits restes humains comme des dents, des boutons, des petits os, des bagues, des choses qui auraient pu échapper à l'attention de ceux qui ont déplacé le corps. Nous devons fouiller en plein jour pour avoir une bonne visibilité avec des instruments, des sacs, des gants, des pinces et regarder le sol centimètre par centimètre, pas y jeter un rapide coup d'œil à la nuit tombante comme la dernière fois.

Si mon hypothèse était la bonne, le corps avait dû être transporté en vitesse très peu de temps après sa disparition. Les personnes qui avaient fait cela avaient dû venir de nuit pour ne pas se faire repérer. Il y avait donc des chances pour qu'ils n'aient pas tout enlevé. Peut-être restait-il des fragments d'os ou de petits os, ou encore des bouts de linceul ou de ce qui avait servi à entourer le cadavre pour le transporter. La personne était peut-être habillée, avait peut-être des bijoux ou encore avait été opérée. Quand je m'y étais rendue, je cherchais de gros os, quelque chose d'évident qu'un néophyte aurait pu voir en utilisant la tractopelle. Quand on est juché sur ce type d'engin, à moins d'avoir une vue d'aigle, on ne verra pas un os d'orteil par exemple, mais plutôt un fémur.

Laurence, nous entendant échanger, vint se joindre à nous. Elle fut tout de suite partante pour aller sur place vérifier mes dires :

— De toute façon, nous devons bien commencer par quelque chose et on ne peut pas dire qu'on est débordés par les pistes. Donc pourquoi pas par cela ?

Éric acquiesça.

— Ne nous faisons pas remarquer. Nous ne sommes pas certains que c'est Alain Climont qui s'est attaqué à Bernard. Cela peut être quelqu'un d'autre, la personne qui a enterré le corps à cet endroit-là par exemple.

— Mon hypothèse est d'autant plus probable que la maison n'a pas été occupée pendant plusieurs années. Bernard m'a expliqué qu'il avait eu la maison pour une bouchée de pain, car elle était dans un sale état et les héritiers, qui se battaient pour avoir leur héritage, voulaient s'en débarrasser à tout prix sans engager de travaux de rénovation.

Éric voulut en savoir plus.

— A-t-il fait des travaux dans le jardin quand il s'y est installé ?

— Apparemment, il a fait aplanir le sol et il a planté de la pelouse avec des massifs de fleurs sur les côtés, comme la plupart des gens ici.

— La terre n'a donc pas été creusée et la personne enterrée, si elle existe, est restée sur place sans qu'on ne s'aperçoive de son existence.

Laurence s'inquiéta.

— Je veux aller avec vous, mais Alain ne doit pas me voir. Éric, peux-tu nous dire si Alain est sur place ?

Éric alla consulter ses écrans quelques instants. Il nous annonça qu'Alain Climont n'était pas rue des peupliers et que nous pouvions en profiter pour aller fouiller sur place. Pour plus de sécurité, nous avons pris la voiture de location de Laurence, nous nous sommes garés un peu plus loin. J'ai fait comme si j'allais chercher le courrier chez Bernard et j'en ai profité pour désarmer l'alarme. J'ai ensuite rejoint Laurence et Éric et nous sommes arrivés tous les trois sur place en passant par la sente qui donnait accès à la porte située à l'arrière du jardin. Par chance, nous n'avons croisé personne. Aucun des voisins de la rue des peupliers ne pouvait nous voir et, une fois chez lui, il n'y avait pas de vis-à-vis.

Le temps était lumineux, la terre légèrement humide, mais pas trop. Elle n'avait pas eu le temps de sécher après le mauvais temps que nous venions d'avoir. Les conditions étaient bonnes pour rechercher des indices. Tout naturellement, j'ai pris la direction des fouilles.

— Nous allons nous concentrer sur l'espace qui a été creusé. C'est forcément là que les potentiels restes se situent.

Laurence me coupa :

— La terre a été retournée récemment.

— Oui, cela fait peu de temps que Bernard a creusé et avec la pluie...

Cette fois-ci, ce fut Éric qui ne me permit pas de finir ma phrase.

— Ce que veut dire Laurence, c'est que la terre a été déplacée et pas par la pelleteuse. Regarde !

Je compris tout de suite de quoi il parlait. On voyait distinctement des traces de pelles dans le sol. J'ai aussitôt remarqué qu'elles étaient postérieures aux travaux faits avec la tractopelle. Une ou plusieurs personnes étaient donc venues chercher quelque chose dans le sol – des os par exemple.

— Je suis d'accord. On se concentre sur les endroits où il reste les marques de pelle. On quadrille et on observe les carrés un par un. On regarde attentivement s'il y a autre chose que de la terre. Si tel est le cas, vous m'appelez, même si cela ne ressemble pas à un os.

Les personnes qui étaient venues avant nous n'avaient pas été méticuleuses ou nous avons eu de la chance. Laurence trouva, la première, un indice. Interrogative, elle me tendit un petit morceau argenté. Je le regardais avec attention.

— C'est un amalgame dentaire ! Tu as trouvé un amalgame dentaire ! Cela veut dire qu'on est sur la bonne piste ! Regarde autour. Il y a peut-être des dents !

Un quart d'heure plus tard, Éric me montra un petit morceau qui ressemblait à un minuscule os. Quelques instants me suffirent pour déterminer ce que c'était.

— C'est un os de doigt de pied. Je pense à une deuxième phalange. En revanche, je ne sais pas dire de quel orteil.

De mon côté, je trouvais quelques morceaux de plastique à moitié décomposé.

— J'imagine qu'il s'agit du linceul qui enveloppait le corps.

Quelques instants plus tard, je ramassai une perle. C'était très intéressant, car on ne trouve pas des bijoux dans le sol. Laurence vint alors me voir avec une dent, une incisive. Elle avait une vue incroyable. Ce n'était pas facile d'en repérer dans la terre. Elle n'avait pas hésité à se mettre à quatre pattes dans la boue pour chercher. Je la comprenais, car je faisais de même. Nous voulions toutes les deux découvrir qui avait été enterré là et qui était son meurtrier. Je posai mes conclusions à haute voix.

— Avec le bijou, on peut en déduire qu'on se trouve en face d'une femme. Elle n'est pas toute jeune, d'une part parce qu'elle a eu un plombage au mercure qui ne se fait plus depuis plusieurs années, mais aussi parce qu'elle portait un bijou avec une perle qui vaut particulièrement cher et qui est plutôt portée par des femmes de plus de 40 ans. Nous devons prévenir la police.

Éric répondit mollement.

— Oui, en effet.

Il n'était pas follement enthousiaste à l'idée de retourner au commissariat. Nous n'avions pas eu la sensation d'être particulièrement écoutés. Mais il y avait plus urgent.

— Une ou plusieurs personnes sont venues avec des pelles pour creuser la terre afin de déterrer cette femme. Elles connaissaient la découverte de Bernard. Qui à part Alain Climont, qui avait mis Bernard sous écoute, pouvait être au courant de sa découverte ou de ses travaux ? Les voisins auraient-ils pu l'entendre en parler ?

Éric me proposa de consulter les appels téléphoniques que Bernard aurait reçus ou émis entre le moment où j'étais passée le voir et le moment de sa disparition. Si on enlevait les tentatives d'appels entre Laurence et Bernard, l'astronome avait également reçu un appel d'un voisin dans la soirée : Gilles Filgade.

Je n'y comprenais plus rien.

— Qu'est-ce que vient faire Gilles Filgade dans cette affaire ?

— Qui est-ce ?

Laurence répondit à ma place :

— Il vit dans la rue au 10.

Je renchéris.

— Oui, ce n'est pas quelqu'un de proche. De plus, je le soupçonne d'avoir aidé Alain Climont ou quelqu'un d'autre à s'introduire chez moi pour voler le NAS.

Tout à coup, différentes pièces de l'énigme s'emboîtèrent.

— Est-ce que ce ne serait pas lui qui aurait mangé avec Bernard ?

Je regardai Laurence.

— Comment pourrions-nous obtenir une photographie de Gilles ?

Elle n'était pas au courant de mon entrevue avec Damien. Ma demande la surprit. Je ne pris pas le temps de tout lui expliquer. Elle me fixa pendant quelques secondes, réfléchissant intensément. Puis sa réponse fusa :

— Si ! Le journal de la ville a publié un article sur ses activités de bénévole. Il fait partie d'une association qui aide les personnes en détresse.

— Quel genre de détresse ?

— Toute sorte : la maladie, la perte d'un proche, la solitude, la dépression…

— Il fait cela depuis longtemps ?

— Je l'ignore. Depuis que je suis là en tout cas, il en a toujours fait partie. Il rencontre les gens. Il les écoute et les réconforte.

Grâce aux instructions de Laurence, Éric récupéra l'article par Internet. Je l'envoyai rapidement au serveur du restaurant. En attendant sa réponse, je le regardai. Je lus à haute voix un passage qui me semblait bizarre :

J'ai créé cette association juste après avoir connu une proche qui est partie dans des conditions terribles, dans une solitude et une détresse absolues. Je n'ai pas pu être à ses côtés pour la défendre et la protéger et je m'en veux terriblement. Cette association a pour but d'éviter que de tels drames ne se reproduisent.

Il parlait ensuite de l'importance de l'écoute et d'être entouré. Je scrutai mes compagnons, attendant une réaction de leur part.

— De qui peut-il bien parler ?

Éric se contenta de me fixer d'un air interrogatif et Laurence ouvrit sa bouche, comme si elle voulait me répondre, puis la referma avant de se lancer.

— Il peut parler de n'importe qui : de ses parents, grands-parents, d'un ami…

— D'une personne qu'il aimait en tout cas suffisamment pour se sentir responsable de sa mort, car il n'avait pas pu la défendre. Je pense plutôt à une femme.

Éric me sentait partir dans un monde d'hypothèses plus qu'improbables. Il craignait le pire. Je fis comme si je ne m'en étais pas aperçue et continuai à réfléchir à voix haute.

— Il se serait senti coupable et aurait voulu créer cette association après sa mort pour se racheter. De quand date cet article ?

— De début 2012, pourquoi ?

— Des personnes proches de Gilles sont-elles mortes quelques mois auparavant ?

Laurence réfléchit un instant à ce que je venais de dire et demanda d'une voix blanche :

— Quand est-ce que Sonia est morte ?

Nous n'en avions aucune idée.

Après quelques instants utilisés à consulter ses notes, Éric lui répondit :

— En novembre 2011.

Il me regarda :

— Es-tu en train de sous-entendre que Gilles pourrait être mêlé à la mort de Sonia ?

— Oui, c'est une possibilité. Je ne dis pas qu'il est le meurtrier, juste qu'il pourrait savoir quelque chose et que cela le tourmente.

Très mal à l'aise, Laurence reprit la parole :

— S'il était proche d'elle à ce point-là, il aurait eu une relation avec elle, n'est-ce pas ?

Ma nouvelle amie pensait évidemment à son propre cas et il était normal qu'elle soit bouleversée.

Mon portable sonna à ce moment-là. C'était le serveur du restaurant. Damien me confirma ce que nous supposions. Gilles Filgade et Bernard Morin avaient bien dîné ensemble ce soir-là ! Je voulus savoir si la police était au courant.

— La police est venue vous interroger, n'est-ce pas ? Elle vous a posé des questions à propos de la personne avec qui il avait mangé ? Savait-elle que Bernard Morin avait mangé avec ce monsieur ?

— La police m'a interrogé, oui. Mais comment aurais-je pu dire avec qui il avait mangé ? Je n'avais jamais vu de photo de cette personne avant et ils ne semblaient pas l'avoir identifié.

La conversation à peine terminée, je m'exclamai :

— C'était incroyable ! Le voisin du 10 est évidemment mêlé à tout cela. Il a menti à la police, il n'a pas dit qu'il avait dîné avec Bernard quand ils sont venus faire leur enquête de voisinage. Les enquêteurs ont expliqué au serveur qu'ils avaient interrogé le voisinage avant de venir le voir. Gilles aurait donc dû leur dire qu'il était venu à *La Mare aux Canards*.

Éric me regarda d'un air pensif :

— Tes théories sur les raisons qui ont poussé Gilles à monter son association ne sont peut-être pas si délirantes que cela finalement.

Ils étaient maintenant deux à pouvoir être impliqués dans l'enlèvement de Bernard. Nous n'avions pas de preuves, mais de fortes présomptions.

49

Nous sommes repartis du jardin avec nos trouvailles soigneusement emballées dans des sacs en plastique que j'avais emmenés avec moi, au cas où, par déformation professionnelle. Je n'avais pas laissé Éric et Laurence toucher les restes même s'il ne restait que peu de chances que des empreintes subsistent. Je conservais l'espoir qu'ils trouvent de l'ADN dans l'os et la dent.

Nous sommes repassés chez Éric pour prendre l'os trouvé dans le bureau de Bernard. Quelque chose me disait que cet os et ceux du jardin appartenaient à la même personne.

Nous avons ensuite pris la direction du commissariat avec ces nouveaux éléments.

À notre grande satisfaction, le remplaçant de notre interlocutrice habituelle, en congés apparemment, nous sembla plus réceptif. Je mis en avant mon statut d'archéologue spécialisée dans le domaine funéraire, oubliant de dire que j'étais spécialisée sur des squelettes vieux de 1 000 ans et cela sembla l'impressionner. Je fis mon numéro de charme au fringant et sportif quinquagénaire. Cela fonctionna, car Stéphane Roger eut à cœur de me faire plaisir. Éric ne disait rien, comprenant que je voulais faire avancer les choses avec ce que je pensais être des atouts. L'officier recueillit soigneusement nos objets.

Il eut un air stupéfait quand je lui parlais de l'os trouvé sur l'étagère :

— Vous croyez que ce radius appartient à la même personne que celle dont vous avez trouvé les os.

— Oui, j'ai beau réfléchir et je ne vois pas où il aurait pu trouver un tel os entre le moment où je l'ai vu en rentrant de mon travail et le moment où il m'a envoyé son SMS afin que je passe le voir pour lui donner mon avis. Il n'a pas eu le temps de sortir de chez lui d'après moi.

— D'accord, je vais demander des analyses. Cela fait beaucoup de choses bizarres. De toute manière, il n'est pas normal qu'il y ait des restes humains dans le jardin de M. Morin. Je fais de mon mieux pour avoir rapidement les résultats.

— Je vous remercie beaucoup.

— N'ayez pas trop d'espoir, madame. Si les restes sont vieux, ce sera difficile de les identifier si on n'a rien pour les comparer.

Mise en confiance, je lui parlai ensuite des poils de Spicy que nous avions retrouvés dans la voiture d'Alain Climont. Nous n'avions pas abordé ce sujet la dernière fois que nous avions vu sa collègue tant nous sentions que notre enquête ne l'intéressait pas.

— Je peux vous donner les poils de la chatte et ceux trouvés dans la voiture et vous pourrez les comparer. Cela prouverait que Bernard a été transporté dans la voiture. Les poils pourraient provenir de ses vêtements.

— Ce ne sont que des hypothèses. La chatte pourrait être allée dans la voiture ou encore, Laurence Renard qui voyait Bernard Morin pourrait très bien les avoir transportés et déposés sur le siège.

Sa réponse ne me plut pas, mais il n'avait pas tort. Ma théorie me semblait juste beaucoup plus probable que la sienne.

A peine dehors, je m'en ouvrai à Éric.

— Tu crois ce qu'il a dit ?

— Oui. Plusieurs possibilités sont envisageables.

— Mais quand même ! La probabilité que plusieurs poils de chat aillent sur les affaires de Bernard, puis se déposent sur celles de Laurence, puis aillent dans la voiture d'Alain, est faible non ?

— Oui, mais Laurence allait chez Bernard de temps en temps, elle aurait pu en récupérer sur ses affaires directement. Ne tire pas de conclusion hâtive d'autant que tu n'as aucune explication rationnelle à donner. Comment Bernard aurait-il pu se retrouver à la place passager de la voiture d'Alain alors qu'il n'a pas dîné avec lui ?

Je ne sus pas quoi lui répondre.

50

Alain manqua de vomir le café qu'il venait d'avaler lorsqu'il ouvrit les pages des faits divers de son quotidien. Un promeneur un peu trop curieux avait retrouvé des restes humains dans l'étang de la Minière. Comment cela pouvait-il être possible ? L'endroit était réserve naturelle, interdit au public. Il eut sa réponse lorsqu'il lut la suite de l'article.

Thierry Morville, commerçant à Buc, était en train de promener son chien Rex, un berger allemand de 4 ans, aux étangs de la Minière, comme tous les matins, lorsque son animal a poursuivi un petit rongeur que le promeneur n'a pas pu identifier. L'animal s'est glissé sous la barrière qui entoure l'étang de la Minière, l'un des quatre étangs des lieux, qui est interdit au public. Le chien a pris en chasse l'animal en passant par une brèche créée dans le grillage par un arbre tombé lors de la dernière tempête. L'homme de 48 ans est encore sous le choc quand il raconte ce qui lui est arrivé.

J'ai eu beau appeler Rex, il ne revenait pas et il aboyait sans relâche. J'ai eu peur qu'il se soit blessé. Je l'ai donc rejoint et là, échoué sur la rive, j'ai trouvé un sac poubelle. Mon chien était en train de le déchirer. Il ne se comporte jamais comme cela d'habitude. J'ai trouvé cela très bizarre.

Thierry Morville a alors attrapé son chien et a voulu comprendre ce qui mettait son chien dans un tel état. Il a ouvert le sac. Horrifié, il a découvert des os à l'intérieur.

Évidemment, l'abruti avait appelé la police et la brigade criminelle avait débarqué sur les lieux. Le procureur avait ordonné une enquête préliminaire. Ils étaient en train d'analyser les os. À son avis, la probabilité qu'ils arrivent à prouver qu'il s'agissait de Sonia était faible, mais pas impossible. Il ne savait pas exactement comment ils procédaient pour identifier des squelettes, il allait devoir se renseigner…

51

J'étais en train de préparer le repas – préparer était un bien grand mot, car je réchauffais les pâtes de la veille. Une fois que ce fut prêt, je sortis du réfrigérateur du jambon et de la salade.

Depuis la cuisine américaine, je voyais Éric, installé dans le salon. Il était assis devant son ordinateur. Je sentis qu'il était perplexe.

— Qu'est-ce qui te perturbe ?
— Je regarde le tracker.
— Le tracker ?
— Oui, le GPS qu'on a mis sous la voiture d'Alain Climont.
— Et ?
— C'est bizarre, il fait des aller-retour entre ici, Aigremont et Vaucresson depuis qu'on l'a mis sous surveillance. Qu'est-ce qu'il peut bien faire à Vaucresson ?

Je m'installai à côté de lui et le regardai zoomer sur la carte qui apparaissait sur son écran d'ordinateur afin d'avoir plus de détails sur le lieu où Alain Climont se rendait chaque jour. Il allait dans une maison dans les Hauts de Vaucresson. Je n'en revenais pas.

— Ce n'est pas à cet endroit-là que Laurence a une maison ?
— Si, je crois bien.
— Elle saura nous dire exactement où c'est alors.

J'appelai Laurence. Je criai plutôt pour qu'elle m'entende. Elle aussi, logeait chez Éric. Heureusement que son appartement était grand ! Elle passait la plupart de son temps dans sa chambre. Elle ne voulait pas nous déranger. Elle n'était pas retournée à la galerie, de peur qu'Alain Climont ne s'aperçoive de son retour. Elle ne sortait que très peu et la plupart du temps avec un chapeau, des lunettes noires. Elle s'était coupé les cheveux qui lui arrivaient aux épaules et les avait teintés en châtains clairs. Elle avait commandé sur Internet des habits différents des siens et avait arrêté de se servir de sa carte bleue. Elle ouvrit également un nouveau compte bancaire qu'elle alimenta avec un livret d'épargne qu'Alain Climont ne connaissait pas. Elle s'était aussi créé une nouvelle adresse e-mail et son courrier personnel arrivait désormais chez Éric. Elle attendait avec impatience que l'énigme de la disparition de Bernard soit résolue pour pouvoir reprendre une vie normale.

Laurence regarda l'écran. Quelques secondes lui suffirent.

— Je n'en crois pas mes yeux ! Il squatte ma maison ! Il est dans ma maison !

Elle alla chercher son téléphone et ouvrit une application.

— Il a désactivé l'alarme !

— Tu as accès à ton alarme de maison avec ton téléphone ?

— Oui. J'ai accès aussi à mes caméras.

Elle partagea son écran de téléphone sur la télévision d'Éric. Nous pûmes voir, en vitesse accélérée, celui que j'appelai maintenant, tout bas, Le Fou et ses deux voisins, Gilles Filgade et Daniel Taurame, entrer et sortir de la maison à intervalles réguliers. Cependant, quelqu'un restait toujours dans la maison. Tout ce que je voyais me paraissait incroyable.

— Alain Climont garderait prisonnier Bernard dans ta maison des Hauts de Vaucresson ! Et les voisins l'aideraient ! Tu crois cela possible ?

— Je suis aussi surprise que toi. Après c'est intelligent, je ne suis pas censée être là puisque je suis en voyage et je ne vais jamais dans cette maison.

Éric, toujours pragmatique, voulut comprendre.

— Tu lui avais donné une clé, le code ?

— Non, mais une clé de la maison était stockée dans l'armoire de l'entrée. Il n'a eu qu'à la prendre et en faire un double. Pour le code, j'imagine qu'il l'a pris dans mon carnet à codes.

Je la regardai bizarrement :

— Ton carnet à codes ?

— Oui, j'ai un carnet dans lequel j'écris tous mes codes d'accès.

— Du coup, il a pu avoir accès à tout ce qui te concerne. Il peut même effectuer des virements à ta place s'il a accès à ton compte bancaire ?

— Il ne peut pas, non. Quand je suis partie, j'ai eu assez de lucidité pour changer le code d'accès à mon compte bancaire. En revanche, je n'ai pas pensé à la maison de Vaucresson. Je suis très émue, car j'ai de l'espoir. Bernard est peut-être encore en vie !

Laurence ne faisait pas semblant. Je pouvais voir les larmes qui coulaient sur ses joues. Je lui tendis un mouchoir et un verre d'eau pour qu'elle reprenne ses esprits.

Éric tenta de tirer parti de toutes ces nouvelles informations :

— Que peux-tu faire à distance avec ton alarme ? Tu peux la déclencher ?

— Oui, je peux la mettre en route, la faire sonner, l'arrêter et je peux aussi faire déclencher des gaz.

— Des gaz ?

— Oui, des gaz qui ne font pas de mal, mais qui créent un tel brouillard que les gens ne peuvent plus se déplacer dans la maison. Seul problème, ils se diffusent au rez-de-chaussée, mais j'imagine que si Bernard est détenu là-bas, ils ont dû l'enfermer au sous-sol, car il n'y a pas de fenêtres et s'il appelle au secours, personne ne pourra l'entendre. Or les gaz ne descendent pas, ils montent. On pourrait les déclencher pour qu'ils ne puissent pas s'enfuir, mais s'ils sont au sous-sol, ils pourront sortir par l'entrée du garage et donc cela ne servira pas à grand-chose.

— C'est quand même bon à savoir.

— Tu as des caméras à l'intérieur de ta maison ?

— Oui, dans l'entrée et dans la salle à manger. C'est tout.

— Elles sont en route ?

— Oui. Elles se déclenchent au bruit ou au mouvement.

J'étais interloquée.

— Elles marchent en ce moment ?

Elle se mit sur son application et nous avons pu constater que c'était bien le cas.

— Pourquoi les caméras n'ont pas été désactivées ?

— Je ne lui ai jamais parlé des caméras. Peut-être pense-t-il qu'elles ne se déclenchent que lorsque l'alarme est activée ?

Éric acquiesça.

— C'est souvent le cas. Les caméras sont utilisées par des sociétés de gardiennage pour intervenir en cas de déclenchement de l'alarme. Si cela avait été le cas, il n'aurait pas eu besoin de les désactiver. Mais elles nous servent aussi. Nous avons un bel avantage sur lui.

Je montrai l'écran.

— Regarde ! Ils sont en train de parler. Ils n'ont pas l'air d'accord.

52

Bernard se réveilla une nouvelle fois. Il s'était endormi une fois de plus sans s'en rendre compte. Il se concentra pour se rappeler où il en était dans ses réflexions. Il ne voulait pas s'arrêter de réfléchir. C'était la seule chose qu'il pouvait faire avec du sport. Lui qui n'avait jamais été sportif, se forçait à faire des pompes, des squats, des fentes, la chaise… pour ne pas complètement s'effondrer. Il devait faire attention qu'ils ne le voient pas faire, sinon il avait peur qu'ils augmentent les doses de son poison.

Il se rappela qu'il en était aux os. S'ils avaient enterré un squelette dans le jardin, c'est qu'ils avaient tué quelqu'un. Cette personne avait donc également disparu. Cette pensée ne lui fit pas plaisir. Son avenir était compromis. S'ils avaient tué une fois, ils pouvaient recommencer.

Qui avait disparu ? Il se souvint de ses recherches sur Alain Climont et sa double vie dont il n'avait pas eu le temps de parler à Laurence. La deuxième femme de Climont n'avait plus donné signe de vie du jour au lendemain et l'enquête avait conclu qu'elle était partie pour refaire sa vie, ce que tout le monde a le droit de faire. Mais ce n'était peut-être pas cela qui s'était passé. Il l'avait peut-être tuée et enterrée dans le jardin.

Il eut très froid d'un seul coup. Il réalisa que si c'était la vérité, sa découverte avait signé son arrêt de mort. Il se demanda même pourquoi ils ne l'avaient pas déjà tué.

Son angoisse augmenta quand il se remémora la réaction des voisins lorsqu'il avait acheté la maison, il y a six ans. Ils avaient eu une attitude très bizarre. Ils avaient posé des questions sur les éventuels travaux qu'il comptait faire en particulier dans le jardin. Qui étaient donc ces voisins si curieux ? Après quelques minutes, il arriva à la conclusion que trois d'entre eux s'étaient montrés très attentifs à son installation et ses travaux de rénovation : Alain Climont, Gilles Filgade et Daniel Taurame. Les trois hommes seraient donc concernés d'une manière ou d'une autre par le squelette qui était enterré à l'endroit où il voulait installer une piscine. Il ne savait plus trop s'il en avait envie maintenant.

Il faisait peut-être fausse piste, il n'avait aucune preuve, mais plus il y pensait, plus cela lui semblait logique. Ses chances de survie étaient faibles si personne d'autre n'arrivait aux mêmes conclusions que lui.

53

Le sujet devait revenir sur la table. Ils ne pouvaient continuer comme cela. C'était un miracle que personne n'ait prévenu Laurence que trois hommes squattaient sa maison. Ils devaient statuer sur le cas de Morin et vite.

Ce fut grâce à une remarque de Gilles qu'Alain put revenir à la charge.

— J'ai posé des congés, mais bientôt je n'aurai plus suffisamment de jours pour partir en vacances cet été et ma femme va poser des questions.

La situation devenait critique.

— Elle croit que tu travailles en ce moment ?

— Oui. Je ne lui ai rien dit évidemment.

— La situation ne peut plus durer, nous sommes sur la même longueur d'onde, n'est-ce pas ? Toi, Daniel, tu dois te remettre au travail. Tu es à ton compte. Si tu ne travailles pas, tu n'as pas de rentrées d'argent.

Daniel rebondit.

— Oui, nous sommes en phase.

— Que voulez-vous faire ? Vous connaissez mon point de vue.

— Oui, nous le connaissons, mais nous sommes en désaccord.

Alain hésita à les menacer une nouvelle fois pour les faire plier. Mais il sentit que cela ne servirait à rien cette fois-ci. Il devait les convaincre. Il leur tendit le journal.

— Ils ont retrouvé le corps.

— Les flics ?

— Non, un promeneur.

— Je croyais que personne ne pouvait aller là-bas.

— Normalement, c'est le cas, oui, mais son chien est passé par la brèche et comme il ne voulait pas revenir, son maître a dû aller le récupérer. C'est là qu'il a vu un sac échoué sur le rivage. Je ne vous fais pas de dessin sur la suite des évènements. En résumé, il a prévenu la police et ils sont en train d'analyser les restes.

— Peuvent-ils découvrir de qui il s'agit ?

— Oui, ils peuvent prélever un bout d'os, en faire de la poudre et en extraire de l'ADN. Ensuite, ils pourront déterminer de qui il s'agit. Ça fait plusieurs jours qu'ils travaillent dessus. Tu imagines qu'ils vont faire quoi ensuite ?

Alain les laissa lanterner un moment, puis reprit la parole.

— Ne croyez pas un seul instant que je plongerai seul. Je vous impliquerai et je révélerai tout ce que je sais sur vous. Je comprends bien vos scrupules, les gars, mais vous proposez quoi ?

Daniel proposa une solution dont il avait déjà parlé avec Gilles. C'était pour eux, la seule option envisageable.

— On l'endort, on l'emmène dans un endroit désert et on le laisse là. Quelqu'un le retrouvera bien.

— D'accord, mais les questions qu'on se posait la dernière fois restent toujours d'actualité. Quand notre homme va se réveiller, il va se poser des questions, non ? Il va parler à la police. Et qu'est-ce qu'il va dire : la dernière personne que j'ai vue est Gilles avec qui j'ai dîné. Là, les flics vont t'interroger et tu vas leur dire quoi ?

— On ne leur dira rien. S'ils reviennent, je reconnaîtrai leur avoir menti par peur d'être accusé, et je leur dirai que, oui, on a mangé ensemble et oui, je l'ai déposé devant chez lui. Ensuite, je ne sais pas ce qui s'est passé. On a fait exprès de laisser ses affaires dans la maison pour fausser les pistes.

Alain réprima avec peine un mouvement d'agacement. Ces abrutis ne savaient pas tout. Morin avait découvert juste avant sa disparition qu'il le surveillait. Lorsqu'il serait libéré, il parlerait à la police, il expliquerait beaucoup de choses, en particulier, celles concernant sa double vie. Il voulait juste qu'ils soient persuadés qu'ils étaient tous les trois dans la même galère à cause du cadavre de Sonia Hamilton et uniquement pour cela.

Alain réfléchissait à toute vitesse. Comment les convaincre de faire disparaître définitivement Morin ? Il manquait de temps. Il allait peut-être devoir s'en occuper lui-même. Il envisageait une dose mortelle de Valium. Une fois qu'ils auraient un cadavre devant eux, ils seraient bien obligés de l'aider à le faire disparaître définitivement.

54

Laurence poussa un cri perçant. Je crus un instant que je ne retrouverais jamais l'ouïe. Mais le moment pour faire des remarques ou des plaisanteries ne me sembla pas opportun. Nous les entendions parler de l'avenir de Bernard. Mon amie murmura d'une voix étranglée :

— Ils ont Bernard. C'est sûr, maintenant.

— On pourrait appeler la police, mais nous n'avons aucune preuve et nous ne savons pas combien de temps ils vont garder Bernard à cet endroit-là. Sa vie est peut-être en danger.

— Que proposes-tu ?

— Nous devons intervenir à un moment où une seule personne sera sur place, on la *gazéfie* et on va délivrer Bernard.

Laurence nous regardait avec impatience :

— Quel est le plan ?

— Guettons leurs allées et venues et intervenons quand le voisin le moins dangereux sera tout seul là-bas.

— Pourquoi n'y va-t-on pas tout simplement ? C'est chez moi après tout.

Éric réprima avec peine un sourire :

— Tu crois qu'ils vont t'accueillir avec un bouquet de fleurs ?

— Non, c'est sûr.

— On sait juste que ton petit ami squatte ta maison et qu'il a une double vie. Il n'a jamais menacé Bernard. On a des doutes, mais rien de plus.

Je renchéris :

— Nous ignorons ce qu'ils risquent de faire à Bernard si nous arrivons et représentons une menace pour eux. Je ne voudrais pas qu'ils s'en prennent à lui.

— Très bien, mais sois rassurée, avec mon application, je peux regarder qui entre et sort.

— Oui, mais nous devons nous rendre sur place, car nous ne savons pas combien de temps ils partent ou restent sur place.

Éric proposa :

— Nous pouvons reprendre l'historique des images sur plusieurs jours afin de voir comment ils sont organisés.

Les trois hommes étaient toujours là la journée sauf lorsque l'un d'eux allait au ravitaillement. L'opportunité qu'ils attendaient se présenterait la nuit, car seuls Daniel Taurame et Alain Climont assuraient la garde à tour de rôle, sans doute parce que personne ne leur demandait des comptes s'ils ne rentraient pas chez eux le soir.

— Nous pourrions attirer dehors Daniel quand il assure la garde ?

— Oui, mais il faudrait l'empêcher de prévenir les autres et le mettre hors d'état de nuire. Il vaut mieux qu'il soit dans la maison avec le gaz.

— Autre problème, nous pouvons le voir, mais ils pourront nous voir aussi si nous pénétrons dans la maison.

— Nous n'avons pas le choix. Il faut prendre ce risque. De plus, rien ne nous dit qu'Alain Climont consultera les caméras.

L'occasion que nous attendions se présenta le lendemain soir. Nous planquions pour la deuxième nuit consécutive à une centaine de mètres de la maison. La rue était à sens unique. Nous avons garé notre voiture de location avant le portail afin de ne pas être vus par celui qui partirait de la maison. Alain Climont était parti à vingt et une heures. Nous avions les clés de la maison. Nous avons attendu un quart d'heure pour être certains qu'il ne reviendrait pas. Éric a pu suivre sa voiture grâce au tracker et constater qu'il se dirigeait vers sa maison d'Aigremont. La maison de Laurence se situait à l'angle de l'avenue de Versailles et du Général de Lattre. Le portail se trouvait du côté de l'avenue de Versailles. Nous nous sommes alors faufilés sans bruit dans la propriété en entrant par une petite porte qui se trouvait sur l'autre avenue. Elle donnait sur le côté de la maison et on ne pouvait l'apercevoir de l'intérieur de la maison, car des buissons la masquaient. Nous avons traversé un petit bout du jardin et nous sommes approchés d'une porte située à l'arrière de la maison que nous avons ouverte doucement. Nous sommes alors entrés.

55

Alain arriva à Aigremont content. Il était attentif à ne pas revenir plus souvent que d'habitude, mais c'était difficile de tenir ses résolutions, car la maison de la mère de ses enfants était pleine de vie et ils étaient heureux de le voir. À Suresnes, la maison vide semblait lugubre. Laurence ne reviendrait pas et son voyage n'était qu'une manière de fuir sans avoir à lui parler. Il allait devoir tout reprendre à zéro, identifier une nouvelle cible, la charmer pour pouvoir l'épouser et la plumer ensuite. Le fait que cela passait par la mort de sa victime, si celle-ci ne se laissait pas déposséder, ne le gênait toujours pas au fond, mais il devrait être plus rigoureux à l'avenir dans ses plans. Le temps de l'amateurisme devait laisser place à des techniques plus professionnelles d'élimination. Il s'était fait surprendre par ses deux voisins, Bernard avait trouvé des preuves contre lui, un promeneur avait trouvé le squelette de sa deuxième femme dans un étang qui n'était en théorie jamais fréquenté. Il avait évité le pire à plusieurs reprises.

Il était donc content de voir sa famille, mais contrarié par l'immensité de la tâche qui l'attendait, la frustration de voir tout le temps qu'il avait investi à perte sur Laurence et enfin une inquiétude d'ordre financier. Il ne lui restait plus beaucoup d'argent et ce n'était pas avec le chômage qu'il touchait à la suite de son licenciement pour absence injustifiée chez Dassault qu'il allait pourvoir à leur niveau de vie.

Par habitude, une fois les embrassades terminées, il alla dans sa chambre se changer et en profita de manière un peu automatique pour allumer son PC et regarder les caméras de surveillance de la maison des Hauts de Vaucresson. Il dut réfréner un cri de surprise. Des intrus avaient pénétré à l'intérieur de la maison. Il pouvait deviner des silhouettes qui avançaient lentement dans le salon. La pièce était très sombre, car la nuit était tombée. Il chercha Daniel. Il l'aperçut au téléphone dans la cuisine. Son voisin ne s'était rendu compte de rien. Alain hésita. Devait-il l'appeler pour le prévenir ? Les intrus risquaient d'entendre son téléphone sonner. Était-ce un problème ? Ils auraient pu l'entendre parler. Il ne prit aucun risque, les intrus risquaient de comprendre qu'ils avaient été repérés. Il préférait jouer sur l'effet de surprise. Il commença à lui écrire un SMS : *Trois intrus dans la maison.* Il ne savait pas quoi lui dire ensuite. Il ne connaissait pas les motivations de ces personnes. Voulaient-elles voler des biens ? Libérer Morin ? Squatter la maison ? Mais surtout que pouvait faire Daniel face à elles ?

L'idée surgit, la porte reliant le garage et la maison pouvait être fermée et celle ouvrant le garage était fermée avec une clé qu'il avait avec lui. Il sourit, ils allaient être faits comme des rats. Il ajouta : *laisse-les descendre et enferme-les. Appelle-moi dès que c'est fait. J'arrive.*

56

Nous entendions parfaitement un homme parler dans la cuisine. Ce n'était pas compliqué, il hurlait. Nous avons reconnu, sans aucun doute possible, la voix de Daniel. Ce dernier était en train de s'expliquer et cela semblait plutôt compliqué. Vu ses propos, nous pouvions deviner qu'il parlait avec une femme avec qui il avait une relation amoureuse. Nous nous sommes regardés sans un mot. Le voisin ne devait pas savoir que nous étions là. C'était le plus simple. Il allait être encore occupé un certain temps, car, la femme semblait vouloir rompre et il ne voulait pas. Elle semblait trouver très étrange que Daniel ne rentre jamais chez lui et le suspectait d'avoir une maîtresse. Elle voulait des explications que Daniel ne pouvait lui fournir.

Nous avons longé la salle à manger dans le noir tout doucement et nous sommes arrivés à l'escalier qui descendait au sous-sol. Nous l'avons pris sans bruit. Avant de venir, nous avions longuement réfléchi aux endroits où nous devions chercher Bernard. Les caméras ne montraient aucune activité à l'étage. Il y avait en revanche beaucoup plus de va-et-vient vers le garage. Bernard devait donc être détenu au sous-sol. Laurence nous avait dessiné un plan des lieux. Le sous-sol était divisé en trois pièces : un grand garage où deux grosses voitures pouvaient aisément être stockées, une buanderie et une pièce vide qui avait été un atelier, mais qui n'avait pas été réutilisée depuis que Laurence avait investi les lieux. Elle pensait un jour la reconvertir en salle de sport. La pièce n'avait aucune fenêtre et fermait à clé. Nous étions arrivés à la conclusion que c'était là que Bernard devait croupir. Laurence avait des clés avec elle. Nous devrions pouvoir ouvrir la porte sans difficulté.

57

Alain prit ses clés de voiture et expliqua son départ précipité en prétextant un collègue du travail au bord du suicide. Cette explication surprit toute sa famille, car jamais il ne leur avait parlé d'amis proches au travail et surtout, il venait de rentrer. Alain leur cria qu'il leur expliquerait plus tard. Il monta dans sa voiture. Il avait besoin d'une vingtaine de minutes si tout allait bien pour retourner là-bas. Vu l'heure tardive, cela ne devrait pas être un problème. À un feu, il jeta un coup d'œil sur son téléphone pour constater que Daniel n'avait toujours pas lu son message, trop occupé à discuter. Il enrageait.

Il appela Gilles dans la foulée. Il devait venir aussi. Il y avait trois inconnus à gérer. Ce ne serait pas une partie de plaisir, surtout s'ils tombaient sur Morin. La situation était très sérieuse. Le téléphone sonna, mais Gilles ne répondit pas, ce qui l'agaça prodigieusement. Il lui laissa un message en lui demandant de le rappeler au plus vite.

58

Nous sommes arrivés en bas sans que Daniel ne se doute de rien. Nous nous sommes dirigés vers l'atelier et en chuchotant, nous avons appelé Bernard. À notre grand soulagement, il nous a répondu. Laurence s'est mise à pleurer. Voyant qu'elle perdait ses moyens, je lui pris ses clés. Deux serrures nous empêchaient de délivrer Bernard. Je réussis à ouvrir l'une d'entre elles, mais aucune clé ne correspondait à l'autre. Je lui pris les mains pour l'aider à se ressaisir.

— Elle est nouvelle cette serrure ?
Elle hoqueta :
— Je ne suis pas sûre. Je crois, oui.
Je scrutai Éric.
— Il faut trouver quelque chose pour casser la serrure ou la porte.

À ce moment-là, la porte en haut des escaliers claqua violemment et nous entendîmes le bruit d'un verrou. Nous avons immédiatement compris que nous étions emprisonnés à notre tour. Daniel nous avait enfermés dans le sous-sol.

Éric demanda à Laurence :
— Tu as la clé de la porte du garage ?
— Oui, je pense.
Je rendis les clés à Laurence.
— Peux-tu essayer d'ouvrir la porte ?
Je fixai ensuite Éric.
— On défonce la porte pour libérer Bernard ?
— Bonne idée. On n'a plus besoin d'être silencieux.

Nous avons trouvé quelques outils, mais la porte était épaisse et je ne voyais pas comment y arriver avec un marteau et un tournevis. Nous étions en fâcheuse posture.

Éric alla dans la buanderie et vit une planche avec des tréteaux. Il me demanda de le rejoindre. Il voulait s'en servir comme d'un bélier. Nous avons soulevé la planche et nous avons commencé à taper avec dans la porte de l'atelier de toutes nos forces. La porte bougeait, mais elle tenait bon.

Comme si la situation n'était pas assez critique, Laurence, au bord de la crise de nerfs, revint vers nous pour nous apprendre qu'une serrure avait été rajoutée et que nous ne pouvions plus ouvrir la porte du garage.

Nous l'avons laissée nous annoncer sa mauvaise nouvelle, mais nous avons continué sans relâche de cogner sur la porte qui résistait toujours. Nous avions bon espoir d'arriver à la casser. Elle commençait d'ailleurs à se fissurer.

Je criai alors à Laurence d'appeler le policier que nous avions vu la dernière fois pour lui expliquer la situation et lui demander d'intervenir.

Il était tard et Laurence tomba sur le répondeur de Stéphane Roger et lui laissa sans grand espoir un message alarmiste. Elle tenta également de joindre Dorothée Leblanc sans davantage de succès, ce qui ne l'étonna pas, car elle était encore en vacances, puis elle composa le 17 et fut mise en attente.

La porte était bien enfoncée maintenant. Nous allions bientôt arriver à la détruire et Bernard pourrait bientôt sortir de sa cellule.

Nous avons alors entendu le bruit d'une voiture. Cela ne pouvait pas être la police. Nous en avons conclu que Daniel avait appelé Gilles ou Alain Climont à la rescousse. Personne ne vint nous voir, le conducteur s'était dirigé directement vers l'entrée de la maison.

La porte céda à ce moment-là. La pièce était dans le noir et nous avons eu du mal à distinguer Bernard qui était assis sur un matelas par terre. Il avait maigri et semblait désorienté. Il éprouva des difficultés à se relever. Éric se précipita pour le soulever. Laurence vint à son aide pour le soutenir de l'autre côté.

J'étais très heureuse que nous ayons enfin retrouvé Bernard et surtout qu'il soit vivant, même s'il avait une mine épouvantable, car j'avais eu de sérieux doutes sur ses chances de survie. Mais nous étions maintenant dans une situation des plus périlleuses.

Je soulevai la planche et regardai Éric. Il laissa Bernard aux bons soins de Laurence et entreprit avec moi de casser cette fois-ci la porte du garage. Elle était constituée de lames de bois verticales.

Malgré notre fatigue et notre stress, nous soulevions la planche pour la taper sur la porte du garage avec l'énergie du désespoir. J'avais mal aux mains et des échardes dans les doigts, mais la peur peut vous permettre de dépasser vos limites.

59

Alain se précipita dans la cuisine pour y trouver Daniel dans tous ses états. Daniel hurlait dans son téléphone, visiblement en pleine crise de couple avec une femme. Quand Daniel s'aperçut qu'Alain venait d'arriver, il raccrocha immédiatement.

— J'ai fait comme tu me l'as demandé, je les ai enfermés au sous-sol. Ils ne peuvent plus sortir.

— Cela ne va pas durer longtemps, dit Alain en entendant des bruits sourds. As-tu la moindre idée de ce qu'ils essaient de faire ?

— J'imagine qu'ils veulent défoncer la porte du garage ou celle de l'atelier ou les deux. Tu as prévenu Gilles ?

— J'ai essayé de le joindre, mais je suis tombé sur son répondeur.

Daniel soupira.

— Ah, oui, je me rappelle, je crois qu'il fête son anniversaire de mariage ce soir. Il ne va pas répondre au milieu d'un dîner dans un restaurant gastronomique.

— Comprends-tu qu'on a un problème Daniel ?

Oh, oui il avait bien compris qu'ils avaient un énorme problème, même. Inutile de faire semblant de ne pas comprendre. Il devait gagner du temps et prier pour que Gilles arrive vite.

— As-tu une idée de qui il s'agit ?

— Non, aucune. Cela peut être des voleurs, des squatteurs ou des personnes qui viennent pour Morin. La seule chose qu'on sait, c'est qu'ils ne sont pas de la police, ils ne seraient pas venus qu'à trois et ils auraient déjà investi la maison. Nous allons bientôt être fixés.

— Comment veux-tu procéder ?

— Tu sais que nous ne pouvons pas les enfermer avec Morin *ad vitam aeternam*, n'est-ce pas ?

— Oui, je le sais.

Alain voulait laisser Daniel arriver lui-même à la bonne conclusion. Il voulait que ce soit lui qui prononce la funeste condamnation.

— Quelle est ta proposition ?

Daniel avait bien compris à quel jeu sournois jouait Alain. Hors de question de jouer avec lui. C'était à cause de lui qu'ils en étaient là. Si cet abruti n'avait pas tué sa femme, ils ne seraient pas en train de séquestrer des gens dans une maison qui ne leur appartenait pas. Il comptait sur l'aide de Gilles. Batailler seul contre ce manipulateur était une entreprise compliquée pour lui.

— Je n'en ai aucune. C'est toi le roi des propositions. Que suggères-tu ?

60

Bernard ne posa pas de questions malgré sa curiosité. En voyant la tension du groupe et les efforts qu'ils déployaient pour se sortir de là, le moment n'était pas aux retrouvailles. Leur temps était compté et ils se trouvaient en grand danger. Malgré son extrême faiblesse, il se joignit à nous. La porte était lourde et son aide fut la bienvenue. Laurence fit un immense effort pour se reprendre et se mit également à la tâche. Nous étions maintenant quatre à porter la planche. Nous avions bien plus de force pour la projeter. Les lames de bois commençaient d'ailleurs à céder.

61

Alain changea son fusil d'épaule en voyant que Daniel n'irait pas dans son sens. Il alla directement au but en entendant les bruits sourds de plus en plus violents.

— Il faut tous les éliminer. Nous n'avons pas le choix.

Daniel déglutit difficilement. Il n'avait pas imaginé qu'il aborderait le sujet de façon aussi directe.

— Et comment comptes-tu faire ?

— Je ne vais pas me débarrasser d'eux tout seul, tu vas m'aider.

Daniel entendit la voiture de Gilles qui se garait. Il se précipita à sa rencontre. Alain le laissa faire. Cela ne changerait rien. Daniel s'approcha de lui et lui dit d'une voix hachée :

— Trois personnes se sont introduites dans la maison et sont pour le moment enfermées dans le sous-sol. Elles ont dû découvrir Morin. Alain veut tuer tout le monde.

Gilles le regarda complètement ahuri. Il fit un effort surhumain pour ne pas se laisser envahir par la panique. Il fallait agir et vite.

— Nous ne pouvons pas le laisser faire. Comment veut-il procéder ?

— Il veut les empoisonner avec des barbituriques. Suicide collectif.

— C'est lui qu'il faut neutraliser. Je ne participerai pas à un meurtre. Hors de question. Je refuse.

— Je suis content de te l'entendre dire.

— On va libérer nos prisonniers. Tu as la clé du garage ?

— Oui.
— On y va.

62

Nous avons entendu une nouvelle voiture s'arrêter, une porte claquer, puis Daniel courir. Il se mit à parler avec le nouvel arrivant, ce qui nous a permis de comprendre que Gilles Filgade venait les rejoindre. Nous sommes passés de la terreur en l'entendant parler de nous tuer au soulagement lorsque nous avons compris qu'ils venaient nous délivrer.

Le bruit de la clé qui tournait dans la porte du garage m'emplit de joie, même si j'avais de la peine à croire que cela se terminerait aussi facilement. La porte commença à s'entrouvrir lorsque la voix du Fou résonna :

— À quoi jouez-vous ?

Gilles ne se démonta pas :

— Nous les libérons.

Pendant un court moment, je n'ai pas réussi à identifier les bruits, puis j'ai entendu Gilles.

— Ne fais pas ça Alain.

Le Fou lui répondit d'une voix exaltée :

— Hors de question, referme la porte.

— Non.

La tension entre les deux hommes était palpable même si nous ne pouvions pas les voir. Où était donc passé Daniel ? J'eus un mauvais pressentiment.

Sans bruit, Bernard mit son pied dans l'entrebâillement de la porte. Gilles ne pourrait plus la refermer maintenant, même si le Fou le demandait. Bernard nous fixa et nous fit signe de sortir en force sans attendre davantage, ce que nous avons fait tout de suite.

Lorsque nous avons franchi le seuil de la porte, dans la nuit, nous avons atterri dans le jardin juste éclairé par un lampadaire. La scène qui se déroulait devant nous était digne d'une mauvaise pièce de théâtre. Le Fou maintenait Daniel contre lui. Un long couteau bien aiguisé qui devait servir à couper de la viande était posé sur la gorge de son prisonnier.

Immobiles et silencieux, nous nous sommes regardés en chiens de faïence, attendant la suite des évènements. Le Fou ne devait pas prendre la direction des évènements. Je devais tenter de le raisonner.

— Nous allons arrêter tout cela immédiatement. Alain, vous allez vous calmer, poser ce couteau et libérer Daniel. Maintenant !

— Et il se passe quoi ensuite ?

— Nous vous laisserons partir.

— Je ne vous crois pas.

— Vous devriez et vous n'avez pas le choix. Vous n'allez pas tous nous tuer, vous n'y arriverez pas. N'ajoutez pas un crime de plus à votre palmarès.

— Je n'ai rien à perdre… Vous allez tous retourner sagement dans la maison.

Nous nous sommes jaugés quelques secondes et sans un mot, nous avons accepté de rentrer dans la maison à la queue leu leu avec le Fou qui fermait la marche. Une fois dans la salle à manger, l'alarme se mit à retentir au bout de quelques secondes ce qui eut pour effet de provoquer une montée d'adrénaline chez le Fou.

— Qui a déclenché l'alarme ? Qui a fait cela ?

Personne ne répondit.

— Je l'égorge si vous ne répondez pas.

L'alarme continuait de sonner. Il regarda celle qu'il considérait il y a encore peu comme sa future femme et hurla :

— Va éteindre l'alarme et pas d'embrouilles.

Laurence se dirigea vers le clavier situé dans l'entrée juste à côté de la salle à manger. Le Fou pouvait la voir. Elle tapa un code et l'alarme s'arrêta.

Le Fou la regarda d'un air mauvais :

— C'est toi qui as mis l'alarme ?

— Oui, c'est moi. On ne va pas te laisser faire n'importe quoi. Pourquoi as-tu kidnappé Bernard ? Qu'est-ce qui t'est passé par la tête ?

Laurence avait du cran. J'espérais qu'elle avait tapé le code de secours qui permettrait à la société de surveillance d'éteindre l'alarme, tout en laissant les caméras de surveillance tourner ce qui leur permettrait de constater que la situation était dramatique, et d'appeler la police. Son interlocuteur fit une grimace, un étrange mélange de douleur et de colère et montra Bernard.

— Tu allais partir avec lui.

— Et ?

— Je ne voulais pas que tu me quittes.

— Heureusement qu'on ne kidnappe pas tous les amants…

— Il était beaucoup trop curieux. Il avait découvert que je menais une double vie. Il enquêtait sur moi. Il avait trouvé un os dans son jardin. Il s'apprêtait à demander à sa voisine une analyse. Elle aurait vite su qu'il s'agissait d'un os humain et ensuite il aurait été facile de deviner à qui cet os appartenait.

— Et à qui appartenait cet os ?

— À ma deuxième femme.

— Elle n'avait donc pas disparu pour te quitter, c'est toi qui l'as tuée ?

— Oui, elle ne me donnait pas assez d'argent. Elle devait mourir pour que j'hérite. Elle est tombée dans l'escalier.

Il y eut quelques secondes de silence, le temps que Laurence digère toutes les informations qu'elle venait d'apprendre. Elle se reprit.

— Et donc tu l'as kidnappé pour qu'il ne puisse pas parler à Emma ?
— Oui.
— Et tu as demandé l'aide à tes voisins pour déplacer le corps ?
— Oui. Ils m'ont aidé à le cacher. Ils avaient une dette envers moi.

Il refusa de donner plus d'informations. Son visage se durcit. Il la fixa avec un regard glacial. Méprisant, il montra à nouveau Bernard de la tête.

— Tu m'as trahi à plusieurs reprises, sale garce ! Tu m'as trahi avec lui ! Et tu m'as trahi, une nouvelle fois, en mettant l'alarme !

Le Fou était en train de monter en pression. Discrètement, je jetai un coup d'œil à Éric. Nous devions l'arrêter avant qu'il ne s'en prenne à Laurence.

— C'est plutôt toi qui devrais te trouver à la place de Daniel. Viens !

Laurence ne bougea pas.

— Si tu ne viens pas, je l'égorge !

Sans répondre, Laurence s'avança lentement vers lui.

C'est alors que le miracle eut lieu.

63

Les sirènes retentirent et trois voitures de police se garèrent devant l'entrée de la maison, Gilles n'ayant pas pensé, vu les circonstances particulières de son arrivée, à refermer le portail de la propriété.

Je poussai un soupir de soulagement. Nous n'étions plus seuls face au Fou. Je reconnus Stéphane Roger dans les intervenants. Les policiers voyant que Le Fou était en train de retenir Daniel Taurame de force et menaçait de le tuer, le mirent en joue après les sommations d'usage. Cela n'eut aucun effet sur lui. Un des policiers se mit à parlementer.

— Posez au sol votre couteau et tout ira bien.

— Non ! Ce n'est pas vrai ! Vous allez me tuer dès que je n'aurai plus d'arme.

— Vous savez très bien que ce n'est pas possible. Nous vous arrêterons, rien de plus.

Le Fou leva son couteau en l'air puis fit mine de le redescendre vers Daniel. Éric se précipita vers lui et poussa Daniel pour le faire tomber. Un des policiers tira sur le forcené qui fut touché à l'épaule gauche. Surpris par le tir, il lâcha son couteau qu'il tenait avec l'autre main. Le couteau tomba sur le sol. Le Fou cria :

— Tuez-moi ! Tuez-moi !

Il fut rapidement immobilisé et arrêté. Le cauchemar se terminait enfin.

Je me rapprochai de l'officier de police.

— Je suis soulagée que vous soyez venu.

— Laurence Renard m'a laissé un message sur mon répondeur. Je ne l'ai pas vu tout de suite, car j'étais en réunion. Mais dès que je l'ai consulté, j'ai su que vous étiez en grand danger.

— Qu'est-ce qui avait changé par rapport à avant ?

— Déjà, Alain Climont n'allait pas vous laisser partir avec Bernard Morin sans rien faire. D'autre part, j'avais obtenu de nouvelles informations. Une amplification de l'ADN par PCR des os que vous m'avez apportés a été faite. On a comparé les résultats avec l'ADN enregistré dans le fichier national automatisé des empreintes génétiques. Mais cela n'a rien donné. Une autre équipe d'enquêteurs a effectué les mêmes examens avec le squelette qui a été récupéré à l'étang de la Minière.

— Pardon ?

— Oui, un promeneur a retrouvé un cadavre coupé en morceaux dans l'étang de la Minière en allant chercher son chien près de la rive. Il ne restait que des os. Lui aussi a subi une analyse d'amplification de l'ADN et les résultats ont également été testés avec ceux du fichier. Et les résultats de vos os correspondent avec ceux du squelette découpé !

Je le regardai sans y croire. La coïncidence me paraissait incroyable. J'ouvris la bouche pour parler, la laissai ouverte pour finir par la refermer.

En entendant la nouvelle, Éric, moins émotif que moi, eut plus de présence d'esprit :

— Vous connaissez l'identité de cette personne ?

— Oui, par la dent que vous m'avez donnée. Vous m'aviez parlé d'Alain Climont et de ses deux femmes qui étaient décédées quand nous nous étions vus.

Il regarda Laurence et Bernard, dans les bras l'un de l'autre.

— Vous croyiez qu'Alain Climont vous surveillait. Quand on a trouvé ces restes humains dans votre jardin, M. Morin, j'ai tout de suite pensé qu'on pourrait suivre la piste de la femme disparue d'Alain Climont. J'ai demandé à ce que l'on compare la dent à son dossier dentaire. Et bingo ! Il s'agissait bien de la même personne. J'ai alors eu peur pour vous. J'ai compris pourquoi M. Morin avait été kidnappé et pourquoi le cadavre de Sonia Hamilton avait été déplacé. Tout s'expliquait. J'ai alors voulu vous appeler, Mme Latour, pour vous dire de faire très attention avec vos amis. Je suis alors tombé sur le message de Mme Renard et je suis tout de suite venu avec des collègues.

64

Une fois remis de nos émotions, nous avons fait une soirée mémorable avec Bernard et Laurence. J'étais très heureuse d'avoir pu contribuer au retour de mon ami et une belle amitié s'est créée entre nous quatre.

Tous ces évènements m'ont fait prendre conscience de manière accrue que tout peut basculer du jour au lendemain et qu'il faut profiter de la vie et des opportunités qui nous sont données. Cela m'a permis de prendre enfin ma décision. J'ai annoncé à Éric que j'allais vivre avec lui et qu'on allait avoir qu'un seul logement. Je ne risquais finalement pas grand-chose, le pire qui pouvait m'arriver était de me retrouver célibataire. Sa réaction me fit plaisir. Il était ravi.

Rester rue des peupliers, vu tout ce qui s'y était passé, ne me tentait pas plus que cela. J'ai donc refusé l'offre délicate de mon amoureux qui me proposait qu'on s'installe chez moi pour ne pas trop me dépayser. J'ai mis en location ma maison en me disant que, dans un an, si tout allait bien, je la mettrai en vente.

Les parents d'Éric ont quitté Saint-Cloud pour aller s'installer dans le sud de la France, dans l'arrière-pays cannois à Roquefort-les-Pins. Ils ont acheté une maison magnifique qui nous donne envie de déménager dans la région, mais nous ne voulons pas déstabiliser sa fille Noémie. Nous verrons bien…

Épilogue

Bernard récupéra physiquement et psychologiquement en quelques semaines et put se rendre en Suède recevoir le prix Cradfoord pour ses travaux sur les prévisions des éruptions solaires. Il se maria rapidement avec Laurence. Ils organisèrent une très belle réception à laquelle nous avons bien évidemment été conviés. Le couple s'installa dans la maison des Hauts de Vaucresson, Bernard n'ayant aucun souci à vivre sur les lieux où il avait été séquestré. Il ne les avait vus qu'une fois qu'il avait été libéré. Il put enfin réaliser son rêve et installer une très belle piscine dans le jardin.

Il mit en location sa maison de la cité-jardin, mais abandonna ses projets de piscine. Les lieux avaient été fouillés attentivement par des spécialistes de la police scientifique et ils avaient recueilli les quelques restes de Sonia qui subsistaient. Sonia put enfin reposer en paix dans une sépulture décente. Bernard préféra planter un arbre et des fleurs à l'endroit où Sonia avait été enterrée pendant tant d'années.

Spicy retrouva avec joie son maître et s'adapta parfaitement à sa nouvelle maison. Elle put profiter du jardin beaucoup plus grand pour lézarder en toute quiétude. Elle s'intéressa à la piscine dans laquelle elle allait boire régulièrement.

Le Fou se retrouva en prison pour trente ans pour le meurtre prémédité de Sonia, recel de cadavres et enlèvement et séquestration, mais aussi pour celui d'Adeline. En effet, en apprenant qu'il avait tué sa seconde épouse, la famille de sa première femme demanda à ce qu'une enquête soit menée au sujet de la mort de cette dernière. Grâce à l'analyse de fragments de sang dans la poudre d'un de ses os, l'autopsie établit qu'elle avait été empoisonnée.

Il écopa de deux ans supplémentaires pour avoir espionné Laurence, Bernard et Emma. La fouille de son ordinateur qui contenait des vidéos et des fichiers audio prouva la surveillance.

Les voisins Gilles Filgade et Daniel Taurame furent également condamnés pour complicité de recel de cadavres à deux ans de prison. Ils ne prirent pas la peine maximale de vingt ans pour l'enlèvement et la séquestration de Bernard, car ils bénéficiaient de circonstances atténuantes. Ils avaient été victimes de chantage, n'avaient pas participé au meurtre et avaient refusé de tuer Bernard. Ils récoltèrent dix ans de prison. Sans grande surprise, Gilles Filgade divorça, sa femme ne pouvant accepter ce qui s'était passé.

La maison de Bernard et la mienne louées, celles du Fou, de Daniel Taurame et de Gilles Filgade vendues, la population de la rue des peupliers, cette rue si tranquille, se renouvelait…

Postface

Je profite de la réédition de *Une Rue si Tranquille* pour vous raconter sa genèse longue et compliquée.

Mais avant de vous parler de ce livre en particulier, je vais vous expliquer rapidement comment je fais pour écrire. Cette petite introduction a son importance.

En général, je mets deux ans pour *accoucher* d'un roman. Je procède toujours de la même manière et dans le même ordre. Tout d'abord, je décide du lieu où mon intrigue va se dérouler, c'est un endroit ou une région où j'aime aller. Ensuite, il me faut une idée, des thèmes que je souhaite aborder. Je les trouve dans mes discussions, mes lectures de livres, de magazines ou de quotidiens, les émissions que j'écoute ou regarde à la télévision.

Dès que j'ai ces éléments en tête, j'effectue des recherches, soit sur le lieu, soit sur les thèmes. Cela peut être long, en particulier quand je ne connais rien au sujet. Ensuite, mes personnages et la trame de l'histoire se mettent en place tout naturellement. Enfin, seulement, j'écris.

Comme vous pouvez le voir, l'écriture arrive vraiment en fin de course. Je peux prendre du temps à m'imprégner de l'ambiance que je veux donner au livre. De plus, entre l'idée que je me fais de l'intrigue au départ et celle que vous lirez, il peut y avoir de grandes différences. Par exemple, de nouveaux personnages peuvent s'inviter, d'autres peuvent avoir plus d'importance ou certains peuvent mourir alors que ce n'était pas prévu à l'origine.

Quand je commence à écrire, je n'ai pas une vision claire de tout le déroulement du roman. Je connais en général le début et la fin (et encore la fin peut changer). C'est au moment où je crée que mes rebondissements se dessinent et mes personnages se mettent à vivre.

La gestation de *Une Rue si Tranquille* ne s'est pas passée comme d'habitude, c'est le moins que l'on puisse dire.

C'est le livre qui m'a pris le plus de temps. Plus de quatre ans, soit le double de ce que je mets d'habitude. J'ai toujours réussi à écrire, même quand ma fille est née, quand j'ai changé de travail ou déménagé… mais là, non.

L'intrigue devait au départ se dérouler à Sorel-Moussel, un petit village à côté d'Anet, pas loin de Dreux et Évreux, en Normandie. Nous sommes donc très loin de Suresnes et de la région parisienne. J'avais choisi ce lieu, car mon père y vivait et j'aimais beaucoup lui rendre visite et me promener dans les forêts environnantes.

L'histoire devait se passer à la campagne. Je commençais à m'imprégner de l'ambiance, à prendre des photos, à situer les endroits où mes personnages prendraient vie. Plusieurs thèmes me faisaient envie : l'archéologie, l'astronomie et Landru, un tueur en série bien connu, dont j'avais résumé le procès et les crimes dans l'un[1] de mes précédents livres.

Pour mon héroïne, c'était simple, je souhaitais retrouver Emma Latour qui était apparue dans *Meurtre à Dancé*. Je me suis attachée à cette héroïne et j'ai décidé de faire une série avec elle.

L'intrigue est bien avancée... La phase de l'écriture commence.

Et, là, patatras... Mon père déménage loin de Sorel-Moussel. Impossible de continuer le livre dans cette région, car je n'ai plus aucune raison de m'y rendre.

---

[1] Les Grandes Affaires Criminelles des Yvelines, Nathalie Michau, Éditions de Borée.

Frustrée, je stoppe tout pendant plusieurs mois, cherchant des solutions. L'écrivain est un être fragile et susceptible, c'est bien connu et la contrariété est de taille. Aucun endroit ne me convient et cela bloque tout mon processus de création puisque c'est le lieu qui est pour moi déterminant.

Mon mari me sort de l'impasse. Il me propose tout simplement que l'histoire se passe, là où j'habite, à la Cité Jardin de Suresnes.

La bonne nouvelle est que cela me permet de me remettre à l'écriture. La mauvaise est qu'une intrigue et des rebondissements pensés pour se dérouler à la campagne ne sont pas forcément adaptés pour la ville. Nouveaux moments d'intenses réflexions pour tout retravailler, ce qui prend du temps...

Je me suis posé beaucoup de questions : où est-ce que je vais bien pouvoir enterrer un cadavre qui devait être enfoui dans un champ ? Comment Emma va-t-elle pouvoir trouver des indices pour le localiser — indices qu'elle devait trouver en forêt ou à côté de menhirs ? Où est-ce que l'on peut mettre au secret une personne sans que cela se remarque en pleine ville ? Et j'en passe…

J'ai dû aussi revoir certaines scènes, car les maisons de ville de Suresnes sont beaucoup plus proches les unes des autres que celles des hauts de Sorel-Moussel. Il y a aussi plus d'allées et venues et les voisins se connaissent tous.

Ce qui prend également du temps au moment de l'écriture est de sans arrêt vérifier que les pistes et indices sont bien traités. Ce qui se passe au début, au milieu et à la fin du roman doit être cohérent. Si j'ai posé une question, je dois veiller à bien y répondre. Tout doit être millimétré.

Vous pouvez donc imaginer ce que tous ces changements ont engendré comme travail supplémentaire avant que *Une Rue si Tranquille* ne se retrouve dans vos mains…

Remerciements

Un livre n'existe pas sans l'aide de nombreuses personnes qui m'ont offert gentiment de leur temps pour rendre crédibles mes élans de créativité.

Un grand merci à ces spécialistes qui m'ont donné des conseils dans des domaines que je ne connaissais pas.

Jean-Pierre R. pour les médicaments que j'ai utilisés,

Philippe M. pour ses explications très pédagogues sur la manière dont une enquête de police se déroulait et la cybersécurité,

Nicolas F. pour son expertise également dans la cybersécurité,

Jeff M. qui m'a parlé des réseaux et de cybersécurité.

Aurélie et Fabrice M qui ont été déterminants dans le choix de la couverture.

Je remercie aussi Antho F. sans qui je n'aurais jamais connu Landru et donc sans qui ce livre n'aurait jamais existé.

Enfin, je remercie mes proches Gérald F, Martine M. et Christelle C. pour leurs conseils, avis, temps de relecture et patience ainsi que Julie F. pour son soutien et son coaching.

Un grand merci également à Laeti B. et Julie F. qui ont participé activement à cette nouvelle édition du livre.

De la même auteure

Roman à suspense

Secrets de Famille
Répétition
Apparences Trompeuses
Meurtre à Dancé (la première enquête d'Emma Latour)

Nouvelles Historiques (Éditions de Borée)

Les grandes Affaires Criminelles des Yvelines
Les grandes Affaires Criminelles de l'Essonne (en collaboration avec Sylvain Larue)

Albums pour enfants (BoD)

Petite Lapinette est à l'heure à l'école
Petite Lapinette part en vacances

Pour contacter l'auteure

Site Internet : www.nathaliemichau.com
Instagram : www.instagram.com/michaunathalie/
Facebook : www.facebook.com/nathaliemichau78/
Email : nathalie@nathaliemichau.com
Blog : https://hautsetbasduneromanciere.home.blog/

VOUS AVEZ AIME CE LIVRE, RETROUVEZ EMMA LATOUR DANS MEURTRE A DANCE, SA TOUTE PREMIERE AVENTURE.

UNE ENQUÊTE D'EMMA LATOUR

Meurtre à Dancé

Nathalie Michau

Vous pensez que le Perche est une région tranquille ? C'est en tout cas ce que croyait la romancière à succès Edith Delafond lorsqu'elle y chercha refuge, loin de la vie parisienne. La mort de Gaston de La Flandrière, puis la mystérieuse disparition jamais élucidée de son fils Jacques intriguent la romancière qui mène l'enquête...

Aidée d'Emma Latour, sa jeune documentaliste, Edith comprend vite que ses recherches dérangent alors que les faits datent de plus de vingt ans. Les langues se délient : entre adultère, enfant illégitime, pièces d'or et secrets de famille, la vérité va apparaître au grand jour, mettant en péril la vie des enquêtrices.

Les menaces auront-elles raison de leur volonté ?